三國誌

冊五

（晋）陳壽 撰

白山出版社

吳主傳

原文　孫權字仲謀。兄策既定諸郡，時權年十五，以爲陽羨長。郡察孝廉，州舉茂才①，行奉義校尉②。漢以策遠修職貢，遣使者劉琬加錫命。琬語人曰：「吾觀孫氏兄弟雖各才秀明達，然皆祿祚不終，惟中弟孝廉，形貌奇偉，骨體不恒③，有大貴之表，年又最壽，爾試識之。」

注釋　①茂才：秀才，東漢的時候，爲了避光武帝劉秀諱，改稱茂才。②行：代理職位。③不恒：不平常，不平凡。

譯文　孫權，字仲謀。他的兄長孫策平定了江南數郡，當時孫權衹有十五歲，孫策任命他爲陽羨縣長。當地的郡守舉薦他爲孝廉，刺史推舉他爲秀才，試用他爲奉義校尉。漢王朝認爲孫策雖然遠在江南地區，但是卻能執行職貢的禮數，向朝廷進貢品，于是派遣劉琬爲使者去孫策所在地頒發給他爵服等賞品的命令。劉琬回來後對別人說：「在我看來，孫家幾個兄弟，每個都很出色，才能出衆，聰慧、豁達，可是壽命都不長。衹有二弟孝廉，體形高大偉岸，相貌堂堂，有享大福大貴的儀表，而且壽命最長。你們可以記住我說的這些話。」

原文　建安四年，從策征廬江太守劉勛。勛破①，進討黃祖于沙羨。五年，策薨②，以事授權，權哭未及息。策長史張昭謂權曰：「孝廉，此寧哭時邪？且周公立法而伯禽不師，非欲違父，時不得行也。況今奸宄競逐③，豺狼滿道，乃欲哀親戚，顧禮制，是猶開門而揖盜，未可以爲仁也。」乃改易權服，扶令上馬，使出巡軍。是時惟有會稽、吳郡、丹楊、豫章、廬陵，然深險之地猶未盡從，而天下英豪布在州郡，賓旅寄寓之士以安危去就爲意，未

孫權

孫權，字仲謀，三國時期吳國的開國皇帝，是中國兵法家孫武的後裔。幼年隨兄長孫策平定江東，孫策英年早逝，孫權繼位爲江東之主，他仁賢用能，挽救了江東危局，保住了父兄基業。建安十三年，孫權與劉備聯盟，赤壁之戰大敗曹操，天下三分局面初步形成。建安二十四年奪取荆州，使吳國的領土面積大大增加。章武二年，孫權稱吳王，建興七年稱帝，正式建立吳國。

有君臣之固。張昭、周瑜等謂權可與共成大業，故委心而服事焉④。曹公表權爲討虜將軍，領會稽太守⑤，屯吳⑥，使丞之郡行文書事。待張昭以師傅之禮，而周瑜、程普、呂範等爲將率。招延俊秀，聘求名士，魯肅、諸葛瑾等始爲賓客。分部諸將，鎮撫山越⑦，討不從命。

注釋

①破：打敗。②薨：指諸侯的死。③奸宄：犯法、作亂的壞人。亂在外被稱爲奸，亂在內被稱爲宄。④委心：盡心，盡力。⑤領：兼任官職。⑥屯：駐守，駐軍。⑦山越：當時居住在今天安徽、江蘇、浙江、江西各省的越族人民的統稱。

譯文

建安四年（公元一九九年），孫權跟隨孫策討伐廬江太守劉勛。打敗了劉勛率領的軍隊，又向沙羡進軍征討黃祖。

建安五年（公元二〇〇年），孫策病死，孫權被授予將軍的重任，還沒等到他的悲泣停止，孫策的長史張昭對他說：「孝廉，此時難道是應該哭泣的時候嗎？古代的周公制定禮儀制度，他的兒子伯禽卻不遵守，他不是故意違背父親的命令，而是當時不能遵行！更何況現在內外的壞人都在猖狂地進行活動，像豺狼一樣的壞人遍地都是。在這種情況下，還去爲死去的兄長哀痛，凡事都以喪禮爲主，這種舉動就像開門歡迎壞人一樣，這不算是仁的舉動啊！」于是，他讓孫權換下喪服、穿上官服，把他扶上馬，讓他到外面巡查隊伍。當時孫權衹占有會稽、吳郡、丹楊、豫章、廬陵五個郡，其中處于深山險要位置的地方還沒有完全歸順，但是天下的英雄豪傑分布在各個州郡，暫時居住在這裏的賓客以個人的安危、去留作爲考慮的主要問題，沒有固定的君臣關係。張昭、周瑜等人認爲孫權能夠和他們一起成就偉業，所以就盡力輔佐他。曹操奏請朝廷任命孫權爲討虜將軍，同時兼任會稽太守，駐軍吳縣。孫權派官員到各郡擔任辦理文書的公務。以對待師長的禮儀對待張昭，任用周瑜、程普、呂範等

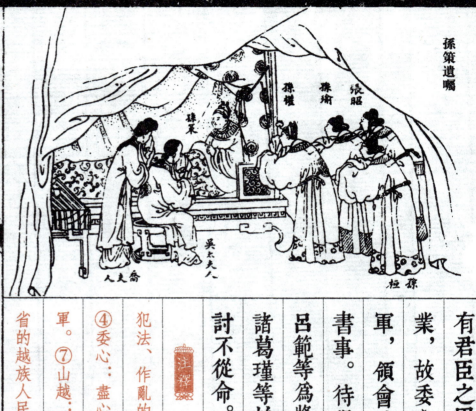

吳錄曰：「晉改新定爲遂安。」

吳錄曰：「晉改休陽爲海寧。」

人爲將軍，招攬才能出衆、聞名天下的人士，魯肅、諸葛瑾等人開始成爲孫權的貴客。分派衆將領，鎮守、安撫山越各族，討伐不服的州縣。

原文

七年，權母吳氏薨。

八年，權西伐黃祖，破其舟軍①，惟城未克，而山寇復動②。還過豫章，使呂範平鄱陽，程普討樂安，太史慈領海昏，韓當、周泰、呂蒙等爲劇縣令長③。

九年，權弟丹楊太守翊爲左右所害，以從兄瑜代翊。

十年，權使賀齊討上饒，分爲建平縣。

十二年，西征黃祖，虜其人民而還。

注釋

①舟軍：水軍。②山寇：對當時堅決反對孫權統治的山越族民衆的誣稱。③劇縣：指政務繁重的縣。

譯文

建安七年（公元二〇二年），孫權的母親吳氏去世。

建安八年（公元二〇三年），孫權西討黃祖，打敗了他的水軍，衹有城池沒有攻克，而且山賊又作亂。孫權撤回軍隊返回，途中經過豫章，派遣呂範平定鄱陽，程普討伐樂安，太史慈監管海昏，韓當、周泰、呂蒙擔任軍政事務繁重的縣令、縣長。

建安九年（公元二〇四年），孫權的弟弟丹楊太守孫翊被他的隨從所殺害，派其堂兄孫瑜接替他的位子。

建安十年（公元二〇五年），孫權指使賀齊討伐上饒，把上饒的一部分劃爲建平縣。

建安十二年（公元二〇七年），向西征討黃祖，俘虜其民衆後回來。

孫權跨江破黃祖

建安十三年（公元二〇八年），孫權征討黃祖，黃祖先遣陳就引舟兵拒吳軍，被都尉呂蒙所破，黃祖挺身亡走，被孫權部下砍了首級，殞命于此。

原文

十三年春，權復征黃祖，祖先遣舟兵拒軍，都尉呂蒙破其前鋒①，而凌統、董襲等盡銳攻之，遂屠其城。祖挺身亡走②，騎士馮則追梟其首，虜其男女數萬口。是歲，使賀齊討黟、歙，分歙爲始新、新定、犁陽、休陽縣，以六縣爲新都郡。荆州牧劉表死，魯肅乞奉命弔表二子，且以觀變。肅未到，而曹公已臨其境，表子琮舉衆以降。劉備欲南濟江，肅與相見，因傳權旨③，爲陳成敗。備進住夏口，使諸葛亮詣權，權遣周瑜、程普等行。是時曹公新得表衆，形勢甚盛，諸議者皆望風畏懼，多勸權迎之④。惟瑜、肅執拒之議，意與權同。瑜、普爲左右督，各領萬人，與備俱進，遇于赤壁，大破曹公軍。公燒其餘船引退⑤，士卒飢疫，死者大半。備、瑜等復追至南郡，曹公遂北還，留曹仁、徐晃于江陵，使樂進守襄陽。時甘寧在夷陵，爲仁黨所圍⑥，用呂蒙計，留凌統以拒仁，以其半救寧，軍以勝反⑦。權自率衆圍合肥，使張昭攻九江之當塗。昭兵不利，權攻城逾月不能下。曹公自荆州還，遣張喜將騎赴合肥。未至，權退。

吊喪江夏

注釋

①都尉：官名。郡都置有都尉，掌握兵權。②挺身：逃脱，掙開。③旨：建議，主張。④迎：投降歸順。⑤引退：率軍撤退。⑥黨：同伙，屬下。⑦反：同「返」，回歸，返回。

譯文

建安十三年（公元二〇八年），孫權又征討黃祖，黃祖先派遣水兵抗拒吳軍，吳都尉呂蒙攻破了他的先鋒隊伍，而凌統、董襲等將更是率軍盡力攻克，于是屠殺了城內的百姓。黃祖剛要起身逃走，騎士馮則趕上前砍了他的腦袋，俘虜了幾萬名男女。這年，孫權派賀齊攻打黟縣、歙縣，把歙縣重新進行了劃分，新建了始新、新定、犁陽、休陽四個縣，以這六個縣爲新都郡。荆州牧劉表病死，魯肅請求孫權派遣他前往荆州向劉表的兩個兒子表示憑吊，趁機實地考察荆州的新變化。魯肅還沒有到達，曹操率領的大軍已經臨近荆州了，劉表的二兒子劉琮向曹操獻出他的全部軍民表示投降。劉備想向南渡過長江，魯肅與他見了面，向他傳達了孫權的想法，分析擺在他們面前的失敗與成功兩種選擇。劉備進駐夏口，派諸葛亮與孫權會面，孫權派周瑜、程普率軍出發。當時曹操剛剛得到劉表的軍民，形勢不錯，大多參與討論的人想到對方的聲威而感到恐懼，大多勸孫權投降曹操。衹有周瑜、魯肅不同意投降的建議，與孫權的主張一樣。孫權任命周瑜、程普爲左右督軍，各自領軍萬人，與劉備聯合起來同時進軍，與曹軍在赤壁交戰，將曹軍打得落花流水。曹操燒掉了那些剩下的船率軍撤退，士兵因爲飢餓和疫病，死掉一大半。劉備、周瑜隨後把他們追趕到了南郡，于是曹操回到了北方，留下曹仁、徐晃守衛江陵，讓樂進守衛襄陽。當時吳將甘寧身在夷陵，被曹仁的部將所包圍。孫權采納呂蒙的計策，留下凌統迎戰曹仁，分給凌統一半的軍隊去援救甘寧，援軍勝利完成命令回來。孫權親自率軍圍攻合肥，並派張昭進攻九江郡的當塗縣。張昭進攻不順利，孫權的包圍超過了一個月，也沒有攻占合肥。曹操從荆州返回北方後，派遣張喜率騎兵援助合肥。張喜還沒有到達，孫權已經撤軍退走。

原文

十四年，瑜、仁相守歲餘，所殺傷甚衆。仁委城走①。權以瑜爲南郡太守。劉備表權行車騎將軍②，領徐州牧。備領荆州牧，屯公安。

十五年，分豫章爲鄱陽郡；分長沙爲漢昌郡，以魯肅爲太守，屯陸口。

十六年，權徙治秣陵③。明年，城石頭，改秣陵爲建業。聞曹公將來侵，作濡須塢。

十八年正月，曹公攻濡須，權與相拒月餘。曹公望權軍，嘆其齊肅④，乃退。初，曹公恐江濱郡縣爲權所略⑤，徵令內移。民轉相驚，自廬江、九江、蘄春、廣陵戶十餘萬皆東渡江，江西遂虛，合肥以南惟有皖城。

注釋

①委城：放棄城池。②表：上表請求任命。表指古代上呈文書的名稱，作動詞用。③治：舊時指王都或者地方官署所在地。④齊肅：嚴肅齊整。⑤略：掠奪、侵犯。

譯文

建安十四年（公元二〇九年），周瑜、曹仁互相進攻、防守對峙一年多，雙方的傷亡都很慘重。曹仁棄城跑了，孫權任命周瑜爲南郡太守。劉備奏請朝廷任命孫權爲車騎將軍，兼任徐州牧。劉備兼任荆州牧，駐守在公安。

建安十五年（公元二一〇年），從豫章郡劃分出鄱陽郡；從長沙郡劃分出漢昌郡，任命魯肅爲漢昌太守，駐守在陸口。

建安十六年（公元二一一年），孫權將他的官署遷到秣陵。第二年，他修建石頭城，將秣陵改稱建業。聽説曹操要來侵襲他，就修建了濡須塢。

建安十八年（公元二一三年）正月，曹操率軍進攻濡須，孫權與他對峙一個多月，曹操遠望吳軍，贊嘆其整齊肅穆，于是撤軍。當初，曹操害怕長江北岸的郡縣要遭到孫權的搶掠，命令生活在這一帶的百姓向後遷徙，民衆反而因此感到驚恐，居住在廬江、九江、蘄春、廣陵等地的十多萬戶民衆全都向東渡過長江，江西就變得很空虛，合肥以南就衹有皖城了。

周瑜南郡戰曹仁

公元二〇九年，曹仁南伐荆州，與周瑜交戰。曹仁以英勇之氣抵吳軍百萬之衆。

原文

十九年五月，權征皖城。閏月，克之，獲廬江太守朱光及參軍董和，男女數萬口。是歲劉備定蜀①。權以備已得益州，令諸葛瑾從求荆州諸郡。備不許，曰：「吾方圖涼州，涼州定，乃盡以荆州與吳耳。」權曰：「此假而不反②，而欲以虚辭引歲③。」遂置南三郡長吏④，關羽盡逐之。權大怒，乃遣呂蒙督鮮于丹、徐忠、孫規等兵二萬取長沙、零陵、桂陽三郡，使魯肅以萬人屯巴丘以禦關羽。權住陸口，爲諸軍節度。蒙到，二郡皆服，惟零陵太守郝普未下。會備到公安，使關羽將三萬兵至益陽，權乃召蒙等使還助肅。蒙使人誘普，普降，盡得三郡將守，因引軍還，與孫皎、潘璋并魯肅兵並進，拒羽于益陽。未戰，會曹公入漢中，備懼失益州，使使求和⑤。權令諸葛瑾報⑥，更尋盟好⑦，遂分荆州長沙、江夏、桂陽以東屬權，南郡、零陵、武陵以西屬備。備歸，而曹公已還。權反自陸口，遂征合肥。合肥未下，徹軍還。兵皆就路，權與凌統、甘寧等在津北爲魏將張遼所襲，統等以死捍權⑧，權乘駿馬越津

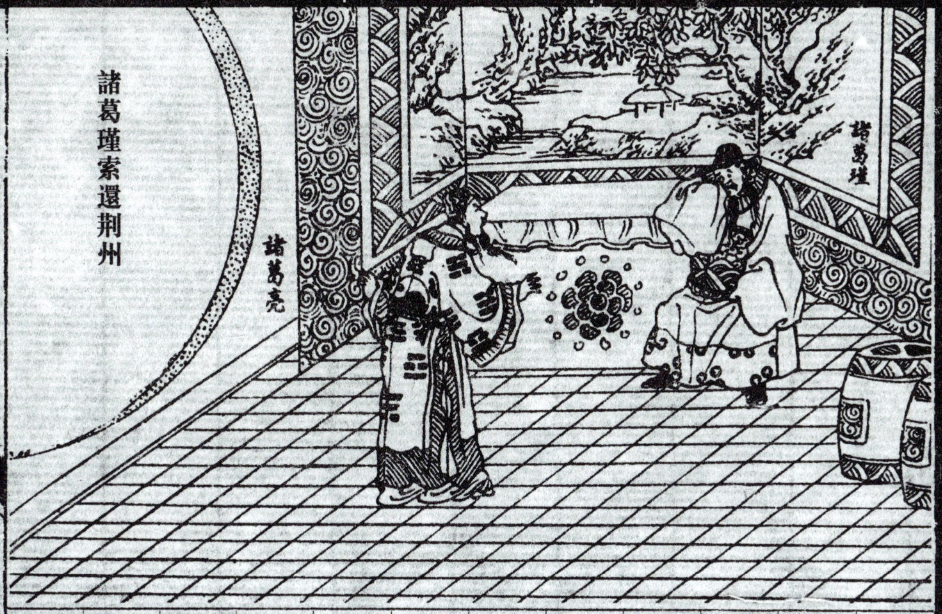

諸葛瑾索還荊州

橋得去。

注釋 ①定：平定。②假：憑借。③虚辭：假話，空話。④置：任命官吏。⑤使使：派遣使者。⑥報：回答，告訴。⑦盟好：結盟友好。⑧捍：保衛，護衛。

譯文 建安十九年（公元二一四年）五月，孫權進攻皖城，這年的閏月，攻占了皖城，俘虜了廬江太守朱光、參軍董和，男女幾萬人。這年劉備平定了蜀地，孫權因爲劉備已經攻占了益州，就命令諸葛瑾向劉備討還荊州等郡。劉備不同意，說：「我正在想法攻占涼州，等我平定了涼州，我再把荊州全部還給吳吧。」孫權說：「他這是借了不還，衹是用空話拖延時間。」于是任命荊州南部三個郡的主要官員，但是被關羽用武力趕走了。孫權非常生氣，便派遣呂蒙帶領鮮于丹、徐忠、

孫規等將率領兩萬士兵進攻長沙、零陵、桂陽三郡。派魯肅率領一萬名士兵駐守在巴丘，抵抗關羽。孫權駐扎在陸口，指揮、調度各路軍隊。呂蒙帶軍到達長沙，長沙、桂陽二郡都投降了，衹有零陵太守郝普不願意投降。正趕上劉備到了公安，便派遣關羽率領三萬士兵到達益陽，孫權便命令呂蒙等返回來支援魯肅。呂蒙派使者前去勸降郝普，郝普投降，呂蒙全部爭取到了三郡的郡守，于是率軍返了回來，與孫皎、潘璋、魯肅會師同時前進，到益陽迎戰關羽。戰鬥還沒開始，就趕上了曹操進攻漢中地區，劉備擔心失去了益州，于是就派遣使者到吳軍求和。孫權命令諸葛瑾回復同意謀求兩國的聯盟友好，于是將荊州劃分爲兩部分，長沙、江夏、桂陽三郡以東的地區歸孫權，南郡、零陵、武陵三郡以西的地區歸劉備。劉備回到成都，曹操這時也已經從漢中撤軍。孫權從陸口返回建業，又征討合肥。合肥沒有攻下，孫權準備撤軍。撤退的士兵都走上了回去的道路，孫權與凌統、甘寧率軍在逍遙津北突然遭到張遼的偷襲，凌統等將以死保護孫權，孫權乘駕駿馬渡過逍遙津的板橋才得以離去。

原文 二十一年冬，曹公次于居巢①，遂攻濡須。

二十二年春，權令都尉徐詳詣曹公請降，公報使修好，誓重結婚②。

二十三年十月，權將如吳③，親乘馬射虎于庱亭。馬爲虎所傷，權投以雙戟④，虎卻廢，常從張世擊以戈⑤，獲之。

注釋

①次：行軍的時候在一個地方停留超過兩個晚上。這裏指駐軍。②重結婚：再次結親、通婚。③如：往，到。④戟：兵器名稱。一種合矛戈爲一體的兵器，可以刺、擊。⑤常從：經常跟隨在身邊的隨從人員。

譯文

建安二十一年（公元二一六年）冬天，曹操駐扎在居巢，進攻濡須。

建安二十二年（公元二一七年）春天，孫權命令都尉徐詳拜見曹操，請求歸降曹操，曹操回應要派遣使臣改善雙方的關係，決心重新結爲姻親。

建安二十三年（公元二一八年）十月，孫權將去吳郡，親自乘馬在庱亭射虎。老虎把馬咬傷了，孫權用雙戟投向老虎，老虎受傷逃跑了，經常跟隨他的隨從見狀立刻揮戈向老虎刺去，捕獲了虎。

原文

二十四年，關羽圍曹仁于襄陽，曹公遣左將軍于禁救之。會漢水暴起，羽以舟兵盡虜禁等步騎三萬送江陵，惟城未拔①。權內憚羽，外欲以爲己功，箋與曹公②，乞以討羽自效。曹公且欲使羽與權相持以鬥之，驛傳權書③，使曹仁以弩射示羽。羽猶豫不能去。閏月，權征羽，先遣呂蒙襲公安，獲將軍士仁。蒙到南郡，南郡太守麋芳以城降。蒙據江陵，撫其老弱，釋于禁之囚。陸遜別取宜都，獲秭歸、枝江、夷道，還屯夷陵，守峽口以備蜀。關羽還當陽，西保麥城。權使誘之。羽僞降，立幡旗爲象人于城上，因遁走，兵皆解散，尚十餘騎。權先使朱然、潘璋斷其徑路。十二月，璋司馬忠獲羽及其子平、都督趙累等于章鄉，遂定荊州。是歲大疫④，盡除荊州民租稅。曹公表權爲驃騎將軍，假節領荊州牧，封南昌

《魏略》曰：「梁寓字孔信，吳人也。權遣寓觀望曹公，曹公因以爲掾，尋遣還南。」

關雲長敗走麥城

侯。權遣校尉梁寓奉貢于漢，及令王惇市馬⑤，又遣朱光等歸。

注釋

①拔：攻占，占領。②箋：信札。這裏用作動詞，寫信。③驛傳：交給驛站傳送。④大疫：疫病大流行。⑤市：購買，這裏作動詞用。

譯文

建安二十四年（公元二一九年），關羽把曹仁圍困在襄陽，曹操派遣左將軍于禁率軍前去援助。正趕上漢水暴漲，關羽派水軍參與戰鬥，把于禁等人率領的三萬名步、騎兵全部俘獲，送往江陵，衹有襄陽城還沒被攻克。孫權從心裏害怕關羽，表面上卻想爲自己表功，寫信給曹操，請求出兵進攻關羽以表明爲其效力的決心。曹操爲了使關羽、孫權長期對峙、爭鬥，用快馬速傳孫權的親筆信，命令曹仁用強弓將這封信射給關羽。關羽看到信後，主意不定，沒能立刻撤軍。閏月，孫權進攻關羽，先派呂蒙偷襲公安郡，俘虜了蜀將士仁。呂蒙又率軍進攻南郡，太守麋芳獻城投降。呂蒙占領了江陵，安撫全城的老弱百姓，解除對于禁的監禁。陸遜率領一支軍隊攻占了宜都，又攻占了秭歸、枝江、夷道，率軍回來駐扎在夷陵，嚴守峽道，嚴防蜀軍東下。關羽退回到當陽，往西行進保衛麥城。孫權派人勸說關羽投降，關羽假裝投降，在麥城城牆上樹立軍旗，立了很多假人，趁機逃了出去，軍隊四散，衹剩下十幾個騎兵。孫權先派朱然、潘璋阻斷關羽撤退的道路。十二月，潘璋的司馬馬忠在章鄉付俘虜了關羽和他的兒子關平、都尉趙累等人，于是平定了荊州。這年疫病流行，孫權下令全部免除荊州的租稅。曹操奏請朝廷封孫權爲驃騎將軍、假節、兼任荊州牧、封爲南昌侯。孫權派校尉梁寓向漢獻帝進獻貢品，並令王惇買馬，遣送朱光等人回北方。

原文

二十五年春正月，曹公薨，太子丕代爲丞相魏王，改年爲延康。秋，魏將梅敷使張儉求見撫納。南陽陰、酇、築陽、山都、中盧五縣民五千家來附。冬，魏嗣王稱尊號，改元爲黃初。二年四月，劉備稱帝于

《禹貢》曰：沱、潛既道，注曰：「水自江出爲沱，漢爲潛。」

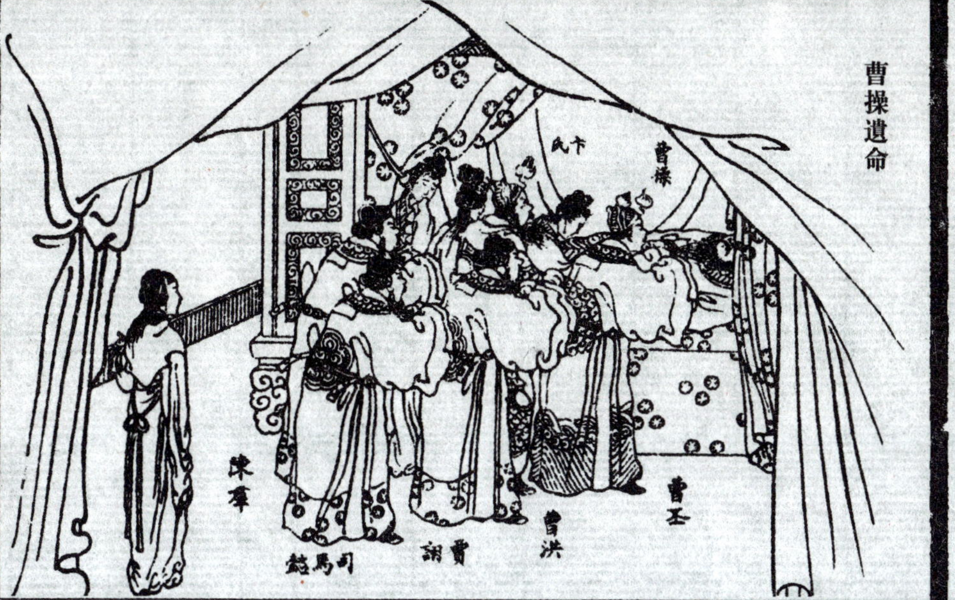

曹操遺命

蜀。權自公安都鄂，改名武昌，以武昌、下雉、尋陽、陽新、柴桑、沙羨六縣爲武昌郡。五月，建業言甘露降①。八月，城武昌，下令諸將曰：「夫存不忘亡，安必慮危，古之善教②。昔雋不疑漢之名臣，于安平之世而刀劍不離于身，蓋君子之于武備，不可以已。況今處身疆畔，豺狼交接，而可輕忽不思變難哉③？頃聞諸將出入④，各尙謙約⑤，不從人兵，甚非備慮愛身之謂。夫保己遺名，以安君親，孰與危辱？宜深警戒，務崇其大，副孤意焉。」自魏文帝踐阼，權使命稱藩，及遣于禁等還。十一月，策命權曰：「蓋聖王之法，以德設爵，以功制祿；勞大者祿厚，德盛者禮豐。故叔旦有夾輔之勛，太公有鷹揚之功，並啓土宇，並受備物⑥，所以表章元功⑦，殊異賢哲也⑧。近漢高祖受命之初，分裂膏腴以王八姓⑨，斯則前世之懿事⑩，後王之元龜也。朕以不德，承運革命，君臨萬國，秉統天機，思齊先代，坐而待旦。惟君天資忠亮，命世作佐，深睹曆數⑪，達見廢興，遠遣行人，浮于潛漢。望風影附，抗疏稱藩，兼納纖絺南方之貢⑫，普遣諸將來還本朝，忠肅內發，款誠外昭，信著金石，義蓋山河，朕甚嘉焉。今封君爲吳王，使使持節太常高平侯貞，授君璽綬策書、金虎符第一至第五、左竹使符第一至第十，以大將軍使持節督交州，領荆州牧事，錫君青土，苴以白茅，對揚朕命⑬，以尹東夏。其上故驃騎將軍南昌侯印綬符策。今又加君九錫，其敬聽後命。以君綏安東南，綱紀江外，民夷安業，無或攜貳，是用錫君大輅、戎輅各一，玄牡二駟。君務財勸農，倉庫盈積，是用錫君袞冕之服，赤舄副焉。君化民以德，禮教興行，是用錫君軒縣之樂。君宣導休風，懷柔百越，是用錫君朱戶以居。君運其才謀，官方任賢⑭，是用錫君納陛以登。君忠勇並奮，清除奸慝，是用錫君虎賁之士百人。君振威陵邁，宣力荊南，梟滅凶醜，罪人斯得，是用錫君鈇鉞各一。君文和于內，武信于外，是用錫君彤弓一、彤矢百、玈弓十、玈矢千。君以忠肅爲基，恭儉爲德，是用錫君秬鬯一卣，圭瓚副焉。欽哉！敬敷訓典⑮，以服朕命，以勖相我國家，永終爾顯烈。」是歲，劉備帥軍來伐，至巫山、秭歸，使使誘導武陵蠻夷，假與印傳，許之封賞。于是諸縣及五谿民皆反爲蜀。權以陸遜爲督，督朱然、潘璋等以拒之。遣都尉趙咨使魏。魏帝問曰：「吳王何等主也？」咨對曰：「聰明仁智，雄略之主也。」帝問其狀，咨曰：「納魯肅于凡品，是其聰也；拔呂蒙于行陳，是其明也；獲于禁而不害，是其仁也；取荊州而兵不血刃，是其智也；據三州虎視于天下，是其雄也；屈身于陛下，是其略也。」帝欲封權子登，權以登年幼，上書辭封，重遣西曹掾沈珩陳謝，並獻方物⑯。立登爲王太子。

曹丕廢帝篡炎劉

公元二二〇年，曹丕逼迫漢獻帝退位，建立魏朝。史稱魏文帝。

注釋

①甘露：甜美的雨露。古人迷信地認爲天降甘露是太平的徵兆。②善教：有益的告誡。③變難：意外的災難。④頃：近來，最近。⑤謙約：謙虛、簡約。⑥備物：各種美好的東西。備，美好。⑦元功：大的功勞，首要的功勞。⑧殊異：指特殊不同的待遇。⑨膏腴：指肥美的土地。⑩懿事：盛事，美好的事。⑪曆數：運數，指王朝更替的次序。⑫纖：指細紋的絲帛。⑬對揚：對答稱揚。⑭官方：任用方正的人爲官。⑮敷：傳布，傳播。⑯方物：指地方上的特產。

譯文

建安二十五年（公元二二〇年）春正月，曹操去世，太子曹丕繼任了丞相、魏王，把年號改稱爲延康。秋天，魏將梅敷派張儉來要求曹丕安撫、接納他們。南陽郡所屬的陰、鄼、築陽、山都、中廬五個縣的五千家民衆都來歸附于他。這年冬天，新繼任的魏王曹丕自稱皇帝，改年號爲黄初。黄初二年（公元二二一年）四月，劉備在蜀地稱帝。孫權從公安遷到鄂縣，並在那兒建都，把鄂縣改稱爲武昌，把武昌、下雉、尋陽、陽新、柴桑、沙羨六個縣歸爲武昌郡，同年五月，在建業宣稱天降甘露，八月，修建武昌城，孫權對諸將下達命令說：「在生存的時候不能忘記滅亡，在安全的時候務必要考慮身邊的危險，這是古人給我們的有益教導。從前有個叫雋不疑的人，他是漢朝的名臣。他生活在安定和平的年代，但是刀劍從來都不離開他的身體。這說明君子認爲武力的準備是不可以荒廢的。何況我們現在住在國境的邊緣，壞人像豺狼虎豹一樣，可以通過很多渠道接近我們，難道我們能夠輕率大意不考慮突然出現的災難嗎？我最近聽說將軍們在外出時都喜歡謙遜簡樸，不帶隨從的侍衛，可以說這樣做就是憂患不周，不愛惜自己。要愛惜自己，建功揚名，使君主和親人都能放心，爲什麼要使自己遭遇危險和侮辱呢？應該加強警戒，眞正重視這個重要問題，按照我的建議行事。」從魏文帝曹丕稱帝以來，孫權派使者對曹丕說自己是魏的屬國，又把于禁等人遣送回去。十一月，曹丕下發獎勵孫權的詔令，詔書中寫道：「聖明的君王的律法，依照道德的標準確定封號和官位，依據功勞的大小來確定俸祿等級。功勞大的人享受的俸祿就好，道德素養高的人就會得到更高的尊重。所以周公有輔佐武王、成王的功勞，太公有施展才華使周朝強大的功勞，他們被分封土地，接受各種賞賜，都是爲了表彰他們的雄偉功業，對卓越的人物特殊對待。近代的漢高帝最初稱帝的那年，大量分封肥沃的土地，讓非劉姓的八位功臣身居王位，這是前代的盛況，後代的帝王更應該作爲借鑒。我個人的德操並不與帝王相稱，衹是承受天命，身居帝王的位子，治理天下，掌握國家的大權，很想把天下治理得像前代的盛世一樣繁盛，所以日夜操勞。鑒于你本性忠誠淳厚，在天下聲名顯著，有輔佐帝王的才能。考察一下歷代王朝更替的次序，就能知道漢朝廢魏朝興起，使臣大多是從潛水、漢水派來的。你得知我稱帝的消息，立即歸附于我，且獻上文書，自稱是我的屬國。並呈獻絲綢麻布等江南特產作爲貢品。把各位將軍遣送回本朝。你的忠誠恭敬是發自你的內心的，也明顯地表現在外表上。你的信譽可以銘刻在金石上，普蓋山河大地，我對此表示贊賞。現在封你爲吳王，派遣使持節太常高平侯邢貞，授予你印章、詔書、金虎符第一至第五、左竹使符第一至第十，授命你爲大將軍使持節督交州，兼任荆州牧；賜你青土，外面包有白茅；要答復、稱贊我的任命，將國家的東部地區治理好。要上繳前驃騎將軍南昌侯的印章和詔書。再加賜你九種賞賜，要聽以下的命令。因爲你使國家的東南部安定，把長江中下游南岸地區治理得很好，使漢人與夷人安居樂業，沒有人懷有二心，所以賜你大車、兵車各一輛，黑色公馬八匹。你重視財富的積累，獎勵農耕，積存的穀物裝滿了倉庫，所以賜與你王侯穿的禮服禮帽，還有與其相配的紅木的複底鞋。你用德操感化民衆，鼓勵禮教的推廣，所以賜與你三面懸挂的樂器。你發揚美善、祥和的社會風氣，善于籠絡、安撫百越之民，因此特准你在有紅色塗門的住所裏居住。你發揮出了你的才能智謀，任用賢良純樸的人做官，因此賞賜你擁有納于檐下的殿壇臺階。你能發揚忠厚勇敢的精神，除掉奸詐邪惡的壞人，所以賞賜你百名勇士。你揚威于山區之外的海疆，在荆南表現出強大的威力，清除掉凶惡殘忍的醜類，抓獲了有罪的人，所以賞賜你斧、大斧各一件。你的文臣在朝內和睦，武將在外信服，因此賞賜你一張紅弓、一百支紅箭、十張黑弓、一千支黑箭。你能夠把忠誠、肅穆、恭順、儉樸作爲道德修養的根本所在，所以賞賜你用于祭祀的美酒一卣，還有與盛這種美酒相配套的玉柄勺。要恭敬地執行你的職務啊！要眞正遵行訓導；服從命令。盡力輔佐我治理國家，永遠保住你的顯赫的功績。」這一年，劉備率軍進攻吳國，到達巫山、秭歸，便派使者前去誘降武陵山區的百姓，假裝說給與印章、符信，並且許諾封官賞賜，于是武陵各地以及五谿的百姓都反對吳國擁護蜀國。孫權任命陸遜爲大都督，率領朱然、潘璋等將迎戰。孫權派都尉趙咨出使魏國。曹丕問道：「吳王是什麼樣的君主？」趙咨回答說：「吳王聰明仁慈，是一個有雄韜大略的君主。」魏文帝又接着問這種評價的具體內容，趙咨回答說：「在衆多平凡的人中唯獨接納魯肅，這是吳王廣泛聽取重任建議的聰明之處；在衆多的士兵中，越級提拔呂蒙，這是吳王親眼視察所得的明達之處；俘虜了于禁，但是不加害于他，這是吳王的仁慈之處；沒有傷亡一個人就奪取荆州，這是吳王有智謀的一面；占據荆、揚、交三州，像猛虎一樣觀察天下的局勢，這是吳王的雄才；對于您，他委屈自己向您稱臣，這是吳王的謀略。」魏文帝想要封賞吳王的兒子孫登，但是孫權認爲孫登的年紀還小，上書辭謝了，又派西曹掾沈珩表達自己的謝意，還進獻江南的特產。立孫登爲王太子。

【原文】**黃武元年春正月，陸遜部將軍宋謙等攻蜀五屯，皆破之，斬其**

《國語》曰：「狸埋之，狸掘之，是以無成功。」

將。三月，鄱陽言黃龍見。蜀軍分據險地，前後五十餘營，遜隨輕重以兵應拒，自正月至閏月，大破之，臨陳所斬及投兵降首數萬人①。劉備奔走，僅以身免。

注釋　①投兵降首：指投降的士兵和將領。

譯文　黃武元年（公元二二二年）春正月，陸遜率將軍宋謙等人進攻蜀的五所軍營，全部攻破了，殺掉了軍營的守將。三月，鄱陽傳出有黃龍出現。蜀國的軍隊分散開來占據各個險要的據點，前後建立了五十多所軍營，陸遜依照戰鬥任務的大小派軍隊對付敵人，從正月到這年的閏月，大敗敵軍，臨陣被殺、自動投降與被迫請求投降的人有好幾萬。劉備逃走，衹有他一個人沒被俘虜。

原文　初，權外托事魏，而誠心不款。魏欲遣侍中辛毗、尚書桓階往與盟誓，并征任子，權辭讓不受。秋九月，魏乃命曹休、張遼、臧霸出洞口，曹仁出濡須，曹真、夏侯尚、張郃、徐晃圍南郡。權遣呂範等督五軍，以舟軍拒休等，諸葛瑾、潘璋、楊粲救南郡，朱桓以濡須督拒仁。時揚、越蠻夷多未平集，內難未弭①，故權卑辭上書，求自改厲②，「若罪在難除，必不見置，當奉還土地民人，乞寄命交州，以終餘年」。文帝報曰：「君生于擾攘之際，本有從横之志，降身奉國，以享茲祚③。自君策名已來，貢獻盈路。討備之功，國朝仰成④。埋而掘之，古人之所恥。朕之與君，大義已定，豈樂勞師遠臨江漢？廊廟之議，王者所不得專；三公上君過失，皆有本末。朕以不明，雖有曾母投杼之疑，猶冀言者不信，以爲國福。故先遣使者犒勞，又遣尚書、侍中踐脩前言，以定任子。君遂設辭⑤，不欲使進，議者怪之。又前都尉浩周勸君遣子，乃實朝臣交謀，以此卜君，君果有辭，外引隗囂遣子不終，內喻竇融守忠而已。世殊時異，人各有心。浩周之還，口陳指麾，益令議者發明衆嫌，終始之本，無所據仗，故遂俛仰從羣臣議⑥。今省上事，款誠深至，心用慨然，悽愴動容。即日下詔，敕諸軍但深溝高壘⑦，不得妄進。若君必效忠節，以解疑議，登身

孫權降魏受九錫

朝到，夕召兵還。此言之誠，有如大江！」權遂改年，臨江拒守。冬十一月，大風，範等兵溺死者數千，餘軍還江南。曹休使臧霸以輕船五百、敢死萬人襲攻徐陵，燒攻城車，殺略數千人。將軍全琮、徐盛追斬魏將尹盧，殺獲數百。十二月，權使太中大夫鄭泉聘劉備于白帝⑧，始復通也。然猶與魏文帝相往來，至後年乃絕。是歲改夷陵爲西陵。

注釋 ①弭：停止，停下來。②改厲：改悔罪行。厲，罪行、罪過。③祚：指福。④仰成：仰首期待着成功。比喻期望非常殷切。⑤設辭：指假設的言辭、理由。⑥俯仰：應付、周全。有勉强的意思。⑦敕：告誡，勸誡。⑧聘：派遣使者訪問、修好。

譯文 當初的時候，孫權表面上假裝臣服于魏國，但是內心卻非常不誠懇、不老實。魏國想派遣侍中辛毗、尚書桓階前往武昌與孫權立誓結盟，並要求孫權把他的兒子孫登送到魏國做人質，孫權極力推辭，不願意接受。秋天九月，魏國派遣曹休、張遼、臧霸發兵進攻洞口，曹仁發兵進攻濡須，曹眞、夏侯尚、張郃、徐晃圍攻南郡。孫權派遣呂範等總管五路大軍，用水軍抗擊曹休等，派遣諸葛瑾、潘璋、楊粲救援南郡，任命朱桓爲濡須都督抵抗曹仁。當時揚、越山區的部族，大多數還沒有被平定，沒有順從吳國，朝廷內部的動亂還沒有停止，所以孫權用低下的言辭上書，請求允許他改過自新。他在文書中說：「如果你認爲我的罪過很嚴重，難以悔過，不能被你原諒，我願意奉還您封給我的土地民衆，請求您允許我將生命托在交州，度過剩下的歲月。」文帝在回復給他的詔書中寫道：「你生活在動亂紛爭的年代，本來擁有縱橫馳騁、建功立業的宏偉大志，能委屈自己臣服我國，長期享有俸祿。自從你接受封賞以來，進獻貢品的使臣，不停地奔走在道路上。討伐劉備的事，朝廷希望你能成功。反復不定的舉動是古人所恥笑的。我與你的君臣關係早已經確定，難道我樂意遠去江漢使軍隊勞累嗎？

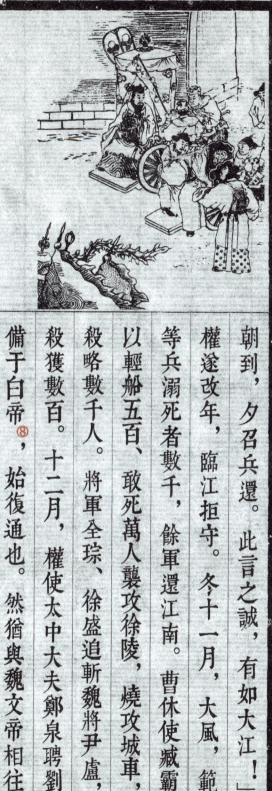

朝廷中討論的軍國大事，帝王一個人也不能專斷；三公都陳述了你的過失，都說明了事實的過程、原因。我知道自己並不聖明，雖然我曾經像曾參的母親懷疑兒子那樣對你也產生了不該有的懷疑，但是我還是希望三公所陳述的你的事實都不是眞實的，而把這看作是國家的幸事。因此先派遣使者對你們賞賜、慰勞，又派遣尙書、侍中去完滿的實現原先定的盟約，把孫登來朝做人質的事情辦好。你卻借故推辭，不願意讓孫登前來，參加討論的大臣都感到很奇怪。此外前都尉使浩周勸你把兒子送來做人質，其實這是大家共同的意見，想借這件事來驗證你的誠心，但是你果然推辭了，對外引用隗囂爲例，說他雖然讓兒子去做人質但是最終還是背叛了光武帝，對內用竇融來比喻自己，表明自己並沒有二心衹是謙恭自守罷了。時代已經完全變了，人們也會有各自的打算。浩周回來後，親口表達了你的想法，更使參加議論的諸公發現你做了很多可疑的事，你所表示的始終忠于我的這一根本問題沒法獲得可靠的保證，因此我衹能應付大家，聽取他們的意見。現在看到你送來的信件，你對我表達的忠心可以說到了極點，我心中因此也深有感慨，不免動情。當日就下達命令，令南下諸軍衹挖戰壕，修築堡壘，不得隨意進軍。如果你眞想效忠于我，以便消除人們對你的猜疑，議論的話，讓孫登本人淸早到達做

曹真

曹真是曹操的族子，曾統領虎豹騎，征戰有功，封侯，後以偏將軍的身份參與漢中之戰，因功累遷中堅將軍、中領軍、征蜀護軍。但可惜英年早逝，在與蜀軍交戰後，遇雨返回，不久病逝于洛陽。

人質，我晚上就下令撤回軍隊。我的話的眞實性，就像大江一樣！」孫權于是改元黃武，沿江防守魏軍的進攻。冬十一月，天有大風，呂範等人率領的水軍被淹死幾千人，剩下的軍隊退回到了江南。魏將曹休派臧霸率領五百條裝有萬名敢于死戰的將士的快船，暗中進攻徐陵，燒毀吳軍的攻城車，殺死、俘虜了幾千人。將軍全琮、徐盛對魏將尹盧進行追殺，殺掉、俘虜了幾百人。十二月，孫權派太中大夫鄭泉到白帝城與劉備通好，這次是吳蜀兩國重新交往的開始。孫權與魏文帝還是互有往來，但是直到後年才完全斷絕關係。這年孫權將夷陵改爲西陵。

原文　二年春正月，曹真分軍據江陵中州。是月，城江夏山。改四分，用乾象曆。三月，曹仁遣將軍常彫等，以兵五千，乘油船，晨

吳歷曰：「蜀致馬二百匹，錦千端，及方物。」

吳錄曰：「郡治富春也。」

渡濡須中州。仁子泰因引軍急攻朱桓，桓兵拒之，遣將軍嚴圭等擊破彤等。是月，魏軍皆退。夏四月，權羣臣勸即尊號，權不許。劉備薨于白帝。五月，曲阿言甘露降。先是戲口守將晉宗殺將王直，以衆叛如魏，魏以爲蘄春太守，數犯邊境①。六月，權令將軍賀齊督糜芳、劉邵等襲蘄春，邵等生虜宗②。冬十一月，蜀使中郎將鄧芝來聘。

注釋 ①數：多次、屢次。②生虜：活捉。

譯文 黃武二年（公元二二三年）春正月，曹真用一部分軍隊占領了江陵江中的小州。這月，他在江夏山上修築城牆。廢除四分曆，改用乾象曆。三月，曹仁派將軍常彫等，率五千兵力乘坐油船，于清晨渡過濡須附近的江中小州。曹仁的兒子曹泰趁機率兵對吳將朱桓進行了猛烈地攻擊，朱桓發兵進行反擊，派將軍嚴圭等打敗了常彫等魏將。這個月，魏軍全部撤回。夏四月，孫權的諸臣勸他稱帝，孫權沒答應。劉備死于白帝城。五月，曲阿城傳出有甘露降臨。在這之前，駐守在戲口的將領晉宗殺死了王直，帶着部下逃到魏國，魏帝任命他爲蘄春太守，屢次侵犯吳的邊境。六月，孫權令將軍賀齊帶領糜芳、劉邵等將士偷襲蘄春，劉邵等將活捉了晉宗。冬十一月，蜀國派遣中郎將鄧芝來吳國通好。

原文 三年夏，遣輔義中郎將張溫聘于蜀。秋八月，赦死罪。九月，魏文帝出廣陵，望大江，曰「彼有人焉，未可圖也①」，乃還。

四年夏五月，丞相孫邵卒。六月，以太常顧雍爲丞相。皖口言木連理。冬十二月，鄱陽賊彭綺自稱將軍，攻沒諸縣②，衆數萬人。是歲地連震。

注釋 ①圖：設法謀取、對付。②攻沒：攻占一個地方並且沒收該地官府的財物。

譯文 黃武三年（公元二二四年）夏，孫權派遣輔義中郎將張溫到蜀國通好。秋天八月，赦免死罪。九月，魏文帝巡查廣陵，遙望大江，說道：「吳國有賢人在，不能謀取啊！」于是回到洛陽。

黃武四年（公元二二五年）夏五月，丞相孫紹去世。六月，任命太常顧雍爲丞相。皖口傳出兩樹連生的現象。冬十二月，鄱陽的賊人彭綺自稱爲將軍，占領了幾座縣城，擁有幾萬名部衆。這年連續發生地震。

原文 五年春，令曰：「軍興日久，民離農畔①，父子夫婦，不聽相恤，孤甚愍之。今北虜縮竄，方外無事，其下州郡，有以寬息。」是時陸遜以

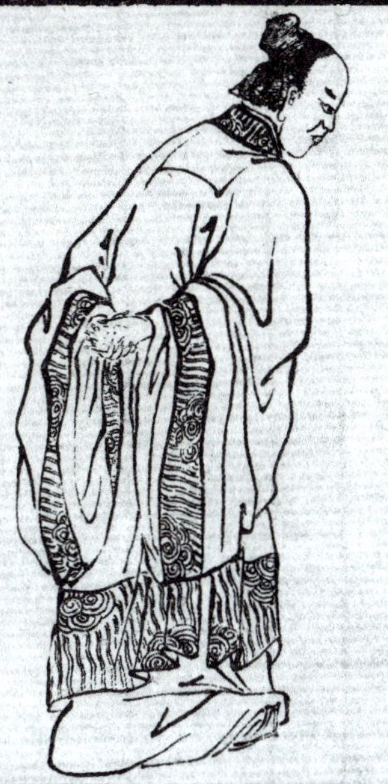

陸遜

陸遜字伯言，爲江東大族，三國時吳國大臣，著名軍事家，「年二十一，歷東西曹令史、海昌屯田都尉」。後世有評：「陸遜春秋方壯，威名未著，乃濟大事之才。」

所在少穀，表令諸將增廣農畝。權報曰：「甚善。今孤父子親自受田，車中八牛以爲四耦，雖未及古人，亦欲與衆均等其勞也。」秋七月，權聞魏文帝崩②，征江夏，圍石陽，不克而還。蒼梧言鳳皇見。分三郡惡地十縣置東安郡，以全琮爲太守，平討山越。冬十月，陸遜陳便宜③，勸以施德緩刑，寬賦息調。又云：「忠讜之言④，不能極陳，求容小臣，數以利聞。」權報曰：「夫法令之設，欲以遏惡防邪，儆戒未然也，焉得不有刑罰以威小人乎？此爲先令後誅，不欲使有犯者耳。君以爲太重者，孤亦何利其然，但不得已而爲之耳。今承來意，當重諮謀，務從其可。且近臣有盡規之諫，親戚有補察之箴，所以匡君正主明忠信也。《書》載『予違汝弼，汝無面從』，孤豈不樂忠言以自裨補邪？而云『不敢極陳』，何得爲忠讜哉？若小臣之中，有可納用者，寧得以人廢言而不采擇乎？但諂媚取容，雖暗亦所明識也。至于發調者，徒以天下未定，事以衆濟。若徒守江東，修崇寬政，兵自足用，復用多爲？顧坐自守可陋耳⑤。若不豫調⑥，恐臨時未可便用也。又孤與君分義特異⑦，榮戚實同，來表云不敢隨衆容身苟免，此實甘心所望于君也。」于是令有司盡寫科條，使郎中褚逢齎以就遜及諸葛瑾，意所不安，令損益之。是歲，分交州置廣州，俄復舊⑧。

注釋

①農畔：指田界，田土。②崩：古代指皇帝的死。③便宜：指對國家有利而應該興辦的事情。④讜：直言。⑤顧：祇是。⑥豫：通「預」，指預先的意思。⑦分義：名分，大義，這裏指君臣之間的身份和地位。⑧俄：不久，形容時間非常短。

譯文

黃武五年（公元二二六年）春天，孫權下令說：「自從起兵以來，已經過去了很長時間。民衆脱離了土地，不能從事耕種；有的家庭的父子夫妻長期分離，不能讓他們互相體恤；我很可憐他們。現在北面的敵人退縮，逃竄，國境附近沒有戰事，要下令州、郡想辦法讓民衆寬心、生息。」此時，陸遜因爲他所在的地區缺少糧食，奏請孫權命令諸位將軍開墾更多的農田。孫權回答說：「你的建議很好，現在我們父子親自接受了分配的田畝，車府中的八頭牛可以分爲四隊用來耕田，雖然說連古人都不如，但是我們是想與民衆一起勞動呢。」秋七月，孫權聽說魏文帝去世，便出征江夏，圍攻石陽，沒有成功，撤軍回來。蒼梧傳言說有鳳凰出現。重新劃分吳、丹陽、會稽三郡還沒有開墾的山區十縣，新建了東安郡，讓全琮擔任太守，討伐、平定山越地區。冬十月，陸遜向孫權陳述應該興辦的對國家有利的事，勸孫權施行德政，慎用刑法，減少田稅，停止徵用戶稅。陸遜還說：「正直的言論，不能盡量述說；但是諂媚求榮的小人，卻多次聽到他們說法得逞。」孫權回答說：「制定律令，就是要靠它來制止邪惡，那是犯罪行爲發生之前所應有的戒備，怎麼能沒有嚴厲的刑罰來威懾壞人呢？這就是先教育後懲罰，目的是不要犯人再在社會上產生。你指出了刑罰太重的現象，實行這樣的嚴厲刑罰，對我能有什麼好處呢，衹是因爲沒有別的更好的辦法才這樣做啊。現在我接受你的提議，將重新討論、謀劃，一定要使我們的刑罰合理、適當。而且古代有一個有益的箴言說，經常陪伴在帝王身邊的臣子要進獻規勸的好話，同族的親戚要彌補、監督君王的失誤，這樣做是爲了使君主能走正道，同時表明臣子的忠心。《書》中記載：『我沒有接受你的輔佐，你不要當面聽從』，我難道不喜歡忠言以輔佐我嗎？就像你所說的『不敢盡力陳述』，又怎麼能算是忠直呢？如果職位低下的臣子可以提出好的意見，難道就可以因爲這個人地位不高就輕視他的言論而不采納嗎？但是那種靠巴結、奉承來討好的人，即使像我這樣愚昧的人也會識辨得很清楚的。至于徵收戶稅的原因，衹是因爲天下還沒有平定，這樣的大事要依靠衆人才能辦成功。如果衹是固守在江東，可以主要施行仁政，兵自然就夠用了，還需要增加做什麼呢？但是，固守會被別人鄙視，如果不早點徵求戶稅，就會擔心臨時增加的開支不能滿足需要。此外，我雖然與你在君臣的身份上有所不同，所經歷的榮辱悲歡卻是一樣的，你所上奏的文書中說，不願意讓隨從的衆人用不正當的手段來安身免除禍患，這確實是我對你抱的希望。」于是命令有關主管官員全都寫出各自所想出來的法令、律條，派遣郎中褚逢送給陸遜、諸葛瑾，凡是他們認爲不恰

《江表傳》曰：「權恐諸將畏罪而亡，乃下令曰：『自今諸將有重罪三，然後議。』」

當的就刪除、補充。這年，劃出交州的部分郡縣，新建立廣州，不久又恢復原來的交州。

原文

六年春正月，諸將獲彭綺。閏月，韓當子綜以其衆降魏。

七年春三月，封子慮爲建昌侯。罷東安郡。夏五月，鄱陽太守周魴僞叛，誘魏將曹休。秋八月，權至皖口，使將軍陸遜督諸將大破休于石亭。大司馬呂範卒。是歲，改合浦爲珠官郡①。

注釋

①合浦：郡名。治所在合浦縣，即今天廣西合浦縣北。

譯文

黃武六年（公元二二七年）春正月，衆將俘虜了彭綺，這年閏月，韓當的兒子韓綜率領他的隊伍投降了魏國。

黃武七年（公元二二八年）春三月，孫權封兒子孫慮爲建昌侯。撤銷東安郡。夏五月，鄱陽太守周魴假裝背叛逃走，誘騙了魏將曹休。秋八月，孫權到達皖口，派將軍陸遜率衆將在石亭大敗曹休。大司馬呂範死。這年，將合浦郡改稱爲珠官郡。

陸遜石亭破曹休

黃武二年（公元二二三年）春正月，魏國分兵兩路征吳，吳將周魴僞降誘敵，曹休輕信深入，被吳將陸遜擊敗，損失慘重。

原文

黃龍元年春，公卿百司皆勸權正尊號。夏四月，夏口、武昌並言黃龍、鳳凰見。丙申，南郊即皇帝位，是日大赦，改年。追尊父破虜將軍堅爲武烈皇帝，母吳氏爲武烈皇后，兄討逆將軍策爲長沙桓王。吳王太子登爲皇太子。將吏皆進爵加賞。初，興平中，吳中童謠曰：「黃金車，班蘭耳，闓昌門，出天子。」五月，使校尉張剛、管篤之遼東。六月，蜀遣衛尉陳震慶權踐位。權乃參分天下，豫、青、徐、幽屬吳，兗、冀、并、涼屬蜀。其司州之土，以函谷關爲界，造爲盟曰：「天降喪亂，皇綱失敘，逆臣乘釁①，劫奪國柄，始于董卓，終于曹操，窮凶極惡，以覆四海，至

昌門，吳西郭門，夫差所作。

令九州幅裂，普天無統，民神痛怨，靡所戾止。及操子丕，桀逆遺醜，薦作奸回，偷取天位，而叡幺麼，尋丕凶跡，阻兵盜土[2]，未伏厥誅。昔共工亂象而高辛行師，三苗干度而虞舜征焉。今日滅叡，禽其徒黨，非漢與吳，將復誰任？夫討惡翦暴，必聲其罪，宜先分裂，奪其土地，使士民之心，各知所歸。是以《春秋》晉侯伐衛，先分其田以畀宋人[3]，斯其義也。且古建大事，必先盟誓，故《周禮》有司盟之官，尚書有告誓之文，漢之與吳，雖信由中，然分土裂境，宜有盟約。諸葛丞相德威遠著，翼戴本國，典戎在外[4]，信感陰陽，誠動天地，重復結盟，廣誠約誓，使東西士民咸共聞知。故立壇殺牲，昭告神明，再歃加書，副之天府。天高聽下，靈威棐諶，司慎司盟，羣神羣祀，莫不臨之。自今日漢、吳既盟之後，戮力一心[5]，同討魏賊，救危恤患，分災共慶，好惡齊之，無或攜貳。若有害漢，則吳伐之；若有害吳，則漢伐之。各守分土，無相侵犯。傳之後葉[6]，克終若始。凡百之約[7]，皆如載書。信言不艷，實居于好。有渝此盟，創禍先亂，違貳不協，慆慢天命[8]，明神上帝是討是督，山川百神是糾是殛，俾墜其師，無克祚國。于爾大神，其明鑒之！」秋九月，權遷都建業，因故府不改館，徵上大將軍陸遜輔太子登，掌武昌留事。

注釋

①乘釁：趁機，利用空子。釁，指縫隙、裂痕。②盜土：竊據土地。③畀：給與。④典戎：掌管軍事方面的事務。⑤戮力：合力、勉力。⑥後葉：指後代。⑦凡百：這裏泛指一切，是一個概括的詞語。⑧慆慢：指怠慢的意思。

譯文

黃龍元年（公元二二九年）春天，衆人都勸孫權稱帝。夏四月，夏口、武昌兩地都傳說黃龍、鳳凰出現。丙申日，孫權在城南郊外即位，這天，全國大赦，改稱年號。追封死去的父親破虜將軍孫堅爲武烈皇帝，母親吳氏爲武烈皇后，兄長討逆將軍孫策爲長沙桓王，吳王太子孫登爲皇太子。諸將和百官都晉升爵位增加了獎賞。當初，東漢獻帝興平年間，吳郡有兒歌這樣唱道：「黃金車，五色耳，大開昌門，出了天子」。五月，派校尉張剛、管篤前往遼東。六月，蜀國派遣衛尉陳震出使吳國慶賀孫權稱帝。孫權和蜀國平分天下，豫州、青州、徐州、幽州歸屬吳國，兗州、冀州、并州、涼州歸于蜀國。在司州，以函谷關爲分界綫，製作盟書說道：「上天降下災難，國家的綱常遭到破壞，亂臣趁機奪取了國家大權。從董卓開始，直到曹操，他們凶惡至極，爲害于天下。以至于九州分裂，天下不能統一。民衆和神靈都很痛恨，民衆無法安定下來。曹操的兒子曹丕，是凶殘逆賊的後代，做過多次壞事，竊取了皇位。曹叡是個小醜，他沿着曹丕行凶的足跡，阻擋討伐他的軍隊，偷偷地占據大片國土，還沒有伏法認罪被殺。從前共工爲害人間，高辛氏就對他使用了武力，三苗破壞了法度，虞舜便發兵對他進行了討伐。現在我們要除掉曹叡，擒獲他的幫凶以及同伙，除了漢、吳，又有誰能承擔這樣的重任呢？凡是討伐首要的惡人，必定要消除暴徒，務必要聲討他們的罪行。還要先分割、奪取他們偷偷占據的土地　使廣大的士人、民衆都能清醒地認清自己的歸屬。因此《春秋》裏記載了晉侯將要攻打衛國，首先就將衛國的土地分給宋國的人民，我們正是遵照《春秋》所指定的原則，自古以來，創建大業必須先結聯盟，宣誓，所以《周禮》有專管盟誓的官職，《尙書》有告天盟誓的文書。漢、吳兩國，雖然彼此之間的互相信任完全出自內心，但是我們既然要分割魏國的話還是要立下盟約的。蜀國的諸葛丞相德操威望聞名于天下，擁戴輔佐幼主，帶兵在外，忠誠感動天地。我們重新恢復友好的盟約，誠心立約盟誓，使東西兩國的民衆全都知道。所以我們建立祭壇，宰殺牲口，上告天上神靈，再次歃血盟誓，訂立盟約，把副本交于兩國的天府。天神高高在上，聽說了下界的情況，神靈的威力能夠保佑心誠的人。掌管盟約的神靈，掌管結盟儀式的神靈，天上的諸神，接受祭祀的諸神，全部光臨我們的儀式。從現在吳蜀兩國結盟以後，同心協力，共同討伐魏賊。我們扶危救難，分擔災禍，共同慶賀勝利，永遠不離心。如果有誰對漢不利，吳就討伐誰；如果有誰對吳不利，漢就攻打誰。兩國各自保護好自己的土地，不能互相侵犯，而且要傳于後代，始終不改變。我們所訂立的盟約，已經全都寫進了宣誓的文書。眞誠的話語沒有加華麗的修飾，我們共同的想法就是兩國的友好。如果有誰背棄盟約，首先給對方製造了災難和動亂，有二心，不能齊心協力，怠慢天命，天神就討伐、譴責他，山神、水神、百神就會懲罰、殺死他；消滅他的民衆，國家走向滅亡。啊！天神，請你明察！」

秋九月，孫權將吳的都城從武昌遷到建業，仍然在原來的將軍府議事，不修建新的宮殿，令上大將軍陸遜輔佐太子孫登。掌管留守武昌的事宜。

原文

二年春正月，魏作合肥新城。詔立都講祭酒，以教學諸子。遣將軍衛溫、諸葛直將甲士萬人浮海求夷洲及亶洲。亶洲在海中，長老傳言秦始皇帝遣方士徐福將童男童女數千人入海，求蓬萊神山及仙藥，止此洲不還。世相承有數萬家，其上人民，時有至會稽貨布①，會稽東縣人海行，亦有遭風流移至亶洲者。所在絕遠，卒不可得至②，但得夷洲數千人還。

注釋

①貨：購買，這裏作動詞用。②卒：同「猝」，意思是短促，時間短。

譯文

黃龍二年（公元二三〇年）春天正月，魏國建造新城合肥。下令設置都講、祭酒，用來教導官員子弟。派遣將軍衛溫、諸葛直率領萬名武士從海上出發訪求夷洲、亶洲。亶洲在海中，長輩們傳說秦始皇派遣方士徐福帶領幾千名少男少女到海上尋找蓬萊仙山和仙藥，後來留在亶洲不願意回來了。他們一代接一代，現在已經有幾萬戶人家。生活在那裏的人，經常到會稽來買布，會稽郡東部各縣民衆出海航行，也有人遇到臺風就隨風漂流到了亶洲。這個地方離陸地非常遠，短期內不可能到達，衹俘虜了幾千夷洲人回來了。

原文

三年春二月，遣太常潘濬率衆五萬討武陵蠻夷。衛溫、諸葛直皆以違詔無功，下獄誅。夏，有野蠶成繭，大如卵。由拳野稻自生，改爲禾興縣。中郎將孫布詐降以誘魏將王凌，凌以軍迎布。冬十月，權以大兵潛伏于阜陵俟之①，凌覺而走。會稽南始平言嘉禾生②。十二月丁卯，大赦，改明年元也。

嘉禾元年春正月，建昌侯慮卒。三月，遣將軍周賀、校尉裴潛乘海之遼東。秋九月，魏將田豫要擊③，斬賀于成山。冬十月，魏遼東太守公孫淵遣校尉宿舒、閬中令孫綜稱藩于權，並獻貂馬。權大悅，加淵爵位。

注釋

①俟：等待，等候。②嘉禾：一莖多穗的禾稻。③要擊：截擊，截打。要，同「邀」。

譯文

黃龍三年（公元二三一年）春二月，孫權派遣太常潘濬率軍五萬攻打武陵的蠻夷。衛溫、諸葛直都因爲違抗了皇帝的命令，做事沒有效果，被關進監牢殺掉了。夏，出現了野蠶做成的蠶繭，大小像鷄蛋一樣。在由拳縣郊外自然長出了水稻，後這個縣改稱爲禾興縣。中郎將孫布假裝投降引誘魏將王淩，王淩率軍來迎接孫布。冬十月，孫權派大軍埋伏在阜陵等候他，王淩知道自己受騙便率軍走了。會稽南的始平對外宣稱長出嘉禾。十二月丁卯日，大赦天下，改成明年的年號。

嘉禾元年（公元二三二年）春正月，建昌侯孫慮死了。三月，派將軍周賀、校尉裴潛乘船渡海前去遼東。秋九月，魏將田豫襲擊了他們，將周賀殺死在成山。冬十月，魏國的遼東太守公孫淵派遣校尉宿舒、閬中令孫綜前來吳國，向孫權稱自己爲其藩屬，還進獻了貂、馬。孫權非常高興，晉升了公孫淵的封號和職位。

原文

二年春正月，詔曰：「朕以不德，肇受元命①，夙夜兢兢②，不遑假寢③。思平世難，救濟黎庶，上答神祇，下慰民望。是以眷眷，勤求俊傑，將與戮力，共定海內，苟在同心④，與之偕老。今使持節督幽州領青州牧遼東太守燕王，久脅賊虜，隔在一方，雖乃心于國，其路靡緣。今因天命，遠遣二使，款誠顯露，章表殷勤，朕之得此，何喜如之！雖湯遇伊尹，周獲呂望，世祖未定而得河右，方之今日，豈復是過？普天一統，于是定矣。書不云乎，『一人有慶，兆民賴之』。其大赦天下，與之更始，其明下州郡，咸使聞知。特下燕國，奉宣詔恩，令普天率土備聞斯慶。」

三月，遣舒、綜還，使太常張彌、執金吾許晏、將軍賀達等將兵萬人，金寶珍貨，九錫備物，乘海授淵。舉朝大臣，自丞相雍已下皆諫，以爲淵未可信，而寵待太厚，但可遣吏兵數百護送舒、綜，權終不聽。淵果斬彌等，送其首于魏，沒其兵資。權大怒，欲自征淵，尚書僕射薛綜等切諫乃止。

是歲，權向合肥新城，遣將軍全琮征六安，皆不克還。

注釋

①肇：意思是開始。②夙夜：早晚、日夜。③不遑：沒有時間、沒有空閑。假寢：不脫衣帽睡覺。④苟在：如果有的意思。

譯文

嘉禾二年（公元二三三年）春正月，孫權下詔書說：「我自認爲沒有高尚的德操，自從承受天命稱帝以來，日夜爲國事操勞，連和衣小睡一會的時間都沒有。我很想平定國家的動亂，救助黎民百姓，對上報答天地神靈，對下撫慰民眾。所以心中一直不能忘記，不斷地尋訪優秀傑出的人才，想與他們一起努力，平定天下。祇要志向相同，就要與他們團結到老。現在，使持節、督幽州兼任青州牧遼東太守燕王，長期遭受賊人的威脅，被阻隔在遼東地區。雖然眞心向往吳國，但是眞要來也是非常困難的事情。現在順應天意，從遠方派來兩位使臣，對吳國的忠誠表現得非常明顯，上奏的文書也是富有感情，沒有比看到這些使我更高興了！即使是湯王遇見伊尹，周文王得到呂望，世祖劉秀在平定天下前得到河西五郡，與今天相比，也不能超過我今天的喜悅。天下統一，現在來說算是肯定的事情了。《書》經中不是這樣說嗎，『天子一個人擁有吉慶，億萬臣民都會得到幸福』。我要對全國實施大赦，讓那些犯過罪的人得到重生。要明確命令各個州郡，使所有的臣民都知道。尤其命令燕國，要非常恭敬地宣讀這道詔令給與臣民的恩澤，使舉國上下都知道這個喜悅的消息。」三月，遣送宿舒、孫綜回到遼東，派遣太常張彌、執金吾許晏、將軍賀達等率軍萬人，攜帶金銀珠寶，珍奇物品，九種特別賞賜的物品，乘船渡海賜予公孫淵。朝廷諸臣，從丞相顧雍以下的官員全都進言勸阻他的做法，認爲不能相信公孫淵，對他的恩寵太過了，衹可以派普通的官員，幾百名士兵護送舒、綜回去就可以，孫權不聽從衆人的建議。公孫淵果然把張彌等人殺掉了，將他們的首級送往魏國，且沒收了他們的軍器物資。孫權非常生氣，要親自征討公孫淵，尚書僕射薛綜等直言勸諫才把他勸阻下。這一年，孫權進攻新城合肥，派將軍全琮攻打六安，最後都沒有取得勝利，就撤回來了。

原文 三年春正月，詔曰：「兵久不輟①，民困于役，歲或不登②。其寬諸逋③，勿復督課。」夏五月，權遣陸遜、諸葛瑾等屯江夏、沔口，孫韶、張承等向廣陵、淮陽，權率大衆圍合肥新城。是時蜀相諸葛亮出武功，權謂魏明帝不能遠出，而帝遣兵助司馬宣王拒亮，自率水軍東征。未至壽春，權退還，孫韶亦罷。秋八月，以諸葛恪爲丹楊太守，討山越。九月朔④，隕霜傷穀。冬十一月，太常潘濬平武陵蠻夷，事畢，還武昌。詔復曲阿爲雲陽，丹徒爲武進。廬陵賊李桓、羅厲等爲亂。

注釋 ①輟：停止，終止。②歲：這裏指年景，一年的收成。不登：沒有收成或者歉收。③逋：拖欠的賦稅。④朔：農曆每月的初一。

譯文 嘉禾三年（公元二三四年）春三月，孫權下詔說：「長期的戰爭不能停止，繁重的苦役使人們深受其苦，有時光景還非常不好，農作物沒有收成。要寬限民衆拖欠的多種賦稅，不要再督促他們繳納。」夏五月，孫權派陸遜、諸葛瑾等將領駐扎在江夏、沔口，孫韶、張承等將領率軍進攻廣陵、淮陽，孫權率軍圍攻新城合肥。這時蜀國丞相諸葛亮進攻武功。孫權認爲魏明帝不可能遠離洛陽，但是魏明帝卻派兵援助司馬懿抗擊諸葛亮的進攻，他親自率領水軍向東征討孫權。還沒有等到他們到達壽春，孫權就撤軍回到了建業，孫韶也收兵。秋八月，孫權任命諸葛恪爲丹陽太守，進攻山越。九月一日，天降大霜，使禾稻受到了很重的損傷。冬十一月，太常潘濬平定了武陵的少數民族地區，戰爭結束後，潘濬回到武昌。下命令把曲阿恢復雲陽的名稱，丹徒恢復爲武進。廬陵的反賊李桓、羅厲等人發動叛亂。

原文 四年夏，遣呂岱討桓等。秋七月，有雹。魏使以馬求易珠璣①、翡翠、玳瑁，權曰：「此皆孤所不用，而可得馬，何苦而不聽其交易？」

五年春，鑄大錢，一當五百②。詔使吏民輸銅③，計銅畀直。設盜鑄之科④。二月，武昌言甘露降于禮賓殿。輔吳將軍張昭卒。中郎將吾粲獲李桓，將軍唐咨獲羅厲等。自十月不雨，至于夏。冬十月，彗星見于東方。鄱陽賊彭旦等爲亂。

張昭

張昭，字子布，爲東吳之開國元勛和決策人物。他少而好學，博覽羣書，長而有謀，才冠當世。性情直率，敢于直諫。晚年著《論語注》，謚號爲文侯。

注釋 ①珠璣：珍珠，璣指不圓的小珠子。②當：值，動詞。③輸：繳納。④科：法令、律條。

譯文 嘉禾四年（公元二三五年）夏，派遣呂岱討伐李桓等人，秋七月，天降冰雹。魏國使臣有求用馬匹交換珍珠、翡翠、玳瑁，孫權說：「這些東西都是我用不着的，還可以換來我所需要的馬匹，爲什麼不讓他們隨便交易呢？」

嘉禾五年（公元二三六年）春天，鑄造大錢，一枚大錢值五百文錢。孫權命令官員、庶民都繳納銅，按照銅的重量付價錢。制定懲辦私人鑄錢的法令、條律。二月，武昌傳出甘露降落在禮賓殿。輔吳將軍張昭去世，中郎將吾粲俘虜了李桓，將軍唐咨俘虜了羅厲等人。從去年十月到今年夏天，一直都沒有下雨。冬十月，東方的天空出現了彗星。鄱陽反賊彭旦等發動叛亂。

原文

六年春正月，詔曰：「夫三年之喪，天下之達制①，人情之極痛也；賢者割哀以從禮②，不肖者勉而致之③。世治道泰，上下無事，君子不奪人情，故三年不逮孝子之門。至于有事，則殺禮以從宜④，要絰而處事。故聖人制法，有禮無時則不行。遭喪不奔非古也，蓋隨時之宜，以義斷恩也。前故設科，長吏在官，當須交代⑤，而故犯之，雖隨糾坐，猶已廢曠。方事之殷，國家多難，凡在官司，宜各盡節，先公後私，而不恭承⑥，甚非謂也。中外羣僚，其更平議，務令得中，詳爲節度。」顧譚議，以爲「奔喪立科，輕則不足以禁孝子之情，重則本非應死之罪，雖嚴刑益設，違奪必少。若偶有犯者，加其刑則恩所不忍，有減則法廢不行。愚以爲長吏在遠，苟不告語，勢不得知。比選代之間，若有傳者，必加大辟，則長吏無廢職之負，孝子無犯重之刑。」將軍胡綜議，以爲「喪紀之禮，雖有典制，苟無其時，所不得行。方今戎事軍國異容，而長吏遭喪，知有科禁，公敢干突，苟念聞憂不奔之恥，不計爲臣犯禁之罪，此由科防本輕所致。忠節在國⑦，孝道立家，出身爲臣⑧，焉得兼之？故爲忠臣不得爲孝子。宜定科文，示以大辟，若故違犯，有罪無赦。以殺止殺，行之一人，其後必絕。」丞相雍奏從大辟。其後吳令孟宗喪母奔赴，已而自拘于武昌以聽刑。陸遜陳其素行，因爲之請⑨，權乃減宗一等，後不得以爲比，因此遂絕。二月，陸遜討彭旦等，其年，皆破之。冬十月，遣衛將軍全琮襲六安，不克。諸葛恪平山越事畢，北屯廬江。

顧雍

東吳名相顧雍，時常訪察民間疾苦，注意君臣禮節，對國家忠心耿耿，謙虛友善，考慮問題周到全面，處理問題穩妥。

注釋

①達制：普遍實行的禮制。②割哀：强行抑

制住自己的悲哀。③不肖者：没有賢能的人。④從宜：順從時宜。⑤交代：前後兩任在公務方面的接替、移交。⑥恭承：指要遵守朝廷所制定的法令。⑦在：生存，存在。⑧出身：獻身。⑨請：求情。

譯文

嘉禾六年（公元二三七年）春正月，孫權下詔説：「舉行三年的喪禮，這是天下同行的制度，表達了人們最悲痛的感情。賢者抑制自己的悲哀遵從禮儀，不肖的人也會盡力做到服喪三年。世道清明，天下太平，朝廷不會強制性地命令人們停止服喪，所以三年不會登孝子的門。至于國家有事，那都要靈活通變，減少服喪的時間，穿着喪服處理公事。聖人制定禮儀法令，有禮儀但是不講究依據時間來變通是行不通的。遭遇親喪卻不回去服喪，是不遵守古代禮儀的行爲。但是按照特殊情況作合理的變通，是用公義來處理私情。以前，我們專門制定了法令。官職高的人如果離職奔喪，應該辦好交代的手續。如果故意違反這一法令，要立即舉報他，治他的罪，可是這樣的法令從來没有人認眞執行，就像被廢除了一樣。現在國家政務繁重，災難很多，所有在職的官員，都應該盡自己的力量保持節操，先公後私，如果不嚴肅認眞地對待自己所擔任的職務，可以説是非常錯誤的。朝廷、州郡的官

員要對奔喪的法令再進行一次商討，一定要制定得恰當有序，有詳細明了的管理方法。」顧譚發表觀點，認爲：「要爲奔喪立法，處罰輕了就不能禁止孝子奔喪的強烈的要求；如果處罰重了，例如本來不應該判死刑的大罪，雖然説增設了嚴厲的刑罰，違反情理的人一定不多。即使偶爾有違法的人，如果加重對他的懲罰，在情理上也會不忍心；減輕對他的懲罰就像廢除法令一樣不能實行。我認爲身處遠方的職位高的官員，如果不報告，我們很難知道實情。在評比、選舉、移交接替期間，如果有由于奔喪而犯法的官員，就一定要處以死刑。這樣，職位高的官員就不會有失職的罪行，孝子也不會因爲犯了重罪而受到嚴刑處罰。」將軍胡綜發表自己的意見，他認爲：「服喪的禮儀，雖然已經有法律規定，但是，如果不依據特殊情況靈活變通的話是實行不通的，現在，我們的外交、軍事、政治都有不同的法令，位高的官員有了喪事，在清除法令所規定的各項條文的情況下，公然敢于違反禁令，如果衹考慮到知道親喪而不趕緊回家服喪的羞恥，不考慮自己作爲臣子違反禁令所得到的罪行，這是因爲法令規定的處罰太輕所造成的。忠節是用來爲國效力的，孝道是用來治家的，已經獻身給國家做了臣子，怎麽能夠兼顧家庭呢？所以想做忠臣同時就不能做孝子。應該制定法令條文，清楚地宣布處以死刑。如

諸葛瑾

諸葛瑾，諸葛亮之兄，爲東吳名臣。他胸懷寬廣，温厚誠信，方方面面應付自如，是聯繫吳、蜀之間的關鍵人物。

果誰有意違犯，就是不能赦免的犯罪。用殺人的刑罰來防止人們被殺害，對一個人用了重刑，以後就不會有人再敢違反法令了。」丞相顧雍進言同意施行死刑。後來吳縣令孟宗的母親去世。違犯了禁令回家奔喪，事後他自己囚禁在武昌等候刑罰。陸遜陳述了他平時的行爲舉動，替他求情，孫權才把對他的處罰降低了一級，以後不得以此爲例子，所以就沒有人再敢違抗禁令了。二月，陸遜討伐彭旦等人，這一年，把他們全都打敗了。冬十月，派衛將軍全琮偷襲六安城，沒有取勝。諸葛恪平定山越的戰爭結束以後，率軍向北駐扎在廬江。

原文

赤烏元年春，鑄當千大錢。夏，呂岱討廬陵賊，畢，還陸口。秋八月，武昌言麒麟見。有司奏言麒麟者太平之應，宜改年號。詔曰：「間者赤烏集于殿前，朕所親見，若神靈以爲嘉祥者，改年宜以赤烏爲元。」羣臣奏曰：「昔武王伐紂，有赤烏之祥，君臣觀之，遂有天下，聖人書策載述最詳者，以爲近事既嘉，親見又明也。」于是改年。步夫人卒，追贈皇后①。初，權信任校事呂壹，壹性苛慘，用法深刻。太子登數諫，權不納，大臣由是莫敢言。後壹奸罪發露伏誅，權引咎責躬②，乃使中書郎袁禮告謝諸大將，因問時事所當損益。禮還，復有詔責數諸葛瑾、步騭、朱然、呂岱等曰：「袁禮還，云與子瑜、子山、義封、定公相見，並以時事當有所先後，各自以不掌民事，不肯便有所陳，悉推之伯言、承明。伯言、承明見禮，泣涕懇惻，辭旨辛苦，至乃懷執危怖，有不自安之心。聞此悵然，深自刻怪③。何者？夫惟聖人能無過行，明者能自見耳。人之舉措，何能悉中④，獨當己有以傷拒衆意，忽不自覺，故諸君有嫌難耳⑤；不爾，何緣乃至于此乎？自孤典軍五十年，所役賦凡百皆出于民。

天下未定，孽類猶存，士民勤苦，誠所貫知。然勞百姓，事不得已耳。與諸君從事，自少至長，髮有二色，以謂表裏足以明露，公私分計，足用相保。盡言直諫，所望諸君；拾遺補闕，孤亦望之。昔衛武公年過志壯，勤求輔弼，每獨嘆責。且布衣韋帶，相與交結，分成好合，尚污垢不異。今日諸君與孤從事，雖君臣義存，猶謂骨肉不復是過。榮福喜戚，相與共之。忠不匿情，智無遺計，事統是非，諸君豈得從容而已哉⑥！同船濟水，將誰與易？齊桓諸侯之霸者耳，有善管子未嘗不嘆，有過未嘗不諫，諫而不得，終諫不止。今孤自省無桓公之德，而諸君諫諍未出于口，仍執嫌難。以此言之，孤于齊桓良優⑦，未知諸君于管子何如耳？久不相見，因事當笑。共定大業，整齊天下，當復有誰？凡百事要所當損益，樂聞異計，匡所不逮⑧。」

注釋

①追贈：死後再封贈。②引咎：認識過失、失誤。③刻怪：奇怪。刻，是怪的意思。④悉中：完全正確，完全可靠。⑤嫌難：憂慮、困難。⑥從容：休閑、安逸的樣子。⑦良優：略微的優于。⑧匡：糾正，改正。不逮：不及，考慮不周全。

譯文

赤烏元年（公元二三八年）春天，開始鑄造幣值一千文的大錢。夏天，呂岱攻打廬陵的賊人，戰爭結束後，返回陸口。秋八月，武昌對外宣稱麒麟出現。主管官員上書進言說麒麟是太平的象徵，應該把年號改掉。孫權下詔說：「最近有紅色的烏鴉聚集在宮殿門前，這是我親眼所見到的景象，如果神靈認爲這是美好、吉祥的象徵，改稱年號的話應該用赤烏作爲年號。」諸臣上書奏請道：「從前周武王攻打商紂，有赤烏的瑞兆，君臣都看見了，于是奪得了天下，這是聖人的書籍中記述得最詳細的事件。因爲出現赤烏是最近的喜事，帝王親眼看見，而且十分明白。」于是改稱年號。步夫人死後，追封爲皇后。當初的時候，孫權信任校事呂壹，呂壹本性苛刻殘忍，執法嚴酷、毒辣，太子孫登多次進言勸說，孫權都沒有采納，大臣們因此沒有人敢再提建議。後來呂壹奸詐的罪行暴露，被殺掉。孫權因爲這件事非常自責。于是派中書郎袁禮向各位將軍表示歉意，並且向他們詢問當時朝廷應該注意加強或者改正的建議。袁禮回來以後，孫權還下詔書責怪數落諸葛瑾、步騭、朱然、呂岱等人，說道：

《江表傳》載權正月詔曰：「郎吏者，宿衛之臣，古之命士也。」

「袁禮回來，說他與子瑜、子山、義封、定公進行了會面，並且向你們徵詢了朝政急緩先後的建議，你們都以自己不主管民政爲理由，不願意表示個人的態度，完全推給伯言、承明。他們倆見了袁禮，流淚傷感，說話的語調非常沉痛，甚至還存在自危、害怕和不安的情緒。聽到這些我非常懊惱，我深深地責備自己。爲什麼呢？衹有聖人沒有過失，聰明的人也衹不過是能夠發現自己的過失罷了。人們的所有舉動，怎麼能夠做到恰當、準確，衹是認爲自己是正確的而反對，不接受衆人的意見，一時間沒有覺悟，所以諸位才產生了疑惑、煩惱；如果不是這樣，爲什麼會有目前的這種情況呢？自從我起兵五十年來，所獲得的一切財物都是民衆給與的。天下還沒有平定，叛亂的人還存在，士民勤勞、辛苦，這些都是大家知道得非常清楚的。但是，現在使百姓勞苦是沒有辦法的事情。我與諸位共事，從少年到老年，現在頭髮已經斑白，我認爲我們的思想和行動可以明顯地表露，從公私和職位的角度考慮，我們都應該互相依靠。直言規勸，所期望的是你們；幫助我改正缺點、補救過失，也是期望你們。從前，衛武公剛過青壯年時期時，就盡力尋訪輔佐他的賢臣，我常常獨自嘆息、自責。何況布衣和皮帶是互相交結的，有時分開，有時合在一起，即使有污垢也不離棄。現在各位與我共事，雖然存在君臣

的名分，但是可以說骨肉至親也不會超越我們之間的親密關係。富貴幸福，喜悅憂愁，我和你們完全共同經歷，誠實相待，不隱藏自己的真實情感；貢獻謀略，不會有半點保留。事情關係到大是大非就應該有統一的認識，諸位難道能夠安逸舒適敷衍了事嗎？同船渡河，還有誰能夠改變這個現狀呢？齊桓公是當時諸侯中的霸主，做了好事，管子沒有不贊賞的，有了過失，他沒有不勸阻的，勸阻以後還不聽的話就一直規勸不停。現在我自問沒有桓公那樣高尚的操守，但各位對我的直言規勸還沒有從嘴裏說出，就表現出了疑慮和困惑。從這點來說，與桓公相比，我確實超過他了；不知道各位與管子相比，又怎樣呢？好長時間沒有和你們見面了，因爲從前有過許多事情，所以與你們做一次笑談。一起努力成就帝王的偉業，統一天下，還有什麼人能擔當這樣的重擔呢？衹要是當前應該做的或者不應該做的各種大事，我喜歡聽到不同的意見，糾正我考慮不周的地方。」

【原文】二年春三月，遣使者羊衜、鄭胄、將軍孫怡之遼東，擊魏守將張持、高慮等，虜得男女。零陵言甘露降。夏五月，城沙羨。冬十月，將軍蔣秘南討夷賊。秘所領都督廖式殺臨賀太守嚴綱等，自稱平南將軍，與

弟潛共攻零陵、桂陽，及搖動交州、蒼梧、鬱林諸郡，衆數萬人。遣將軍呂岱、唐咨討之，歲餘皆破。

三年春正月，詔曰：「蓋君非民不立①，民非穀不生。頃者以來，民多征役，歲又水旱，年穀有損，而吏或不良，侵奪民時，以致饑困。自今以來，督軍郡守，其謹察非法，當農桑時，以役事擾民者，舉正以聞。」夏四月，大赦，詔諸郡縣治城郭，起譙樓，穿塹發渠，以備盜賊。冬十一月，民饑，詔開倉廩以賑貧窮②。

注釋 ①立：君主即位被稱爲立。②廩：糧倉。

譯文 赤烏二年（公元二三九年）春三月，孫權派遣使臣羊衜、鄭胄、將軍孫怡前往遼東，討伐魏國守衛遼東的將領張持、高慮等人，俘虜了當地的男人和女人。零陵宣稱天上降下甘露。夏天五月，修建沙羨城。冬天十月，將軍蔣秘南討夷賊，所率領的都督廖式殺死了臨賀太守嚴綱等人，自稱爲平南將軍，與其弟弟廖潛一起攻打零陵、桂陽，並且使交州、蒼梧、鬱林等郡發生了暴動，追隨他們的人有幾萬。孫權派將軍呂岱、唐咨討伐廖式、廖潛等人，一年多後，將他們全部打敗。

赤烏三年（公元二四〇年）春正月，孫權下詔說：「帝王沒有民衆就不能稱王，民衆沒有糧食就不能生存，近年來，百姓的賦稅勞役很繁重，每年水旱成災，穀物的生長受到損害；有的官員還不厚道，侵犯、剝奪農民農忙的時間；所以造成了饑荒、窮困。從此以後，督軍、郡守要嚴查違法事件，在農耕蠶桑季節，凡是以徭役擾亂百姓的，要列舉查到、糾正的情況往上報。」夏四月，全國施行大赦。孫權命令各個郡縣修築城牆、外城，在城牆上修建望樓，開鑿護城河、挖鑿壕溝，用來禦防盜賊。冬十一月，百姓百姓發生饑荒，便命令打開官倉發放糧食以救飢餓的窮人。

原文 四年春正月，大雪，平地深三尺，鳥獸死者大半。夏四月，遣衛將軍全琮略淮南①，決芍陂，燒安城邸閣②，收其人民。威北將軍諸葛恪攻六安。琮與魏將王凌戰于芍陂，中郎將秦晃等十餘人戰死。車騎將軍朱然圍樊，大將軍諸葛瑾取柤中。五月，太子登卒。是月，魏太傅司馬宣王救樊。六月，軍還。閏月，大將軍瑾卒。秋八月，陸遜城邾。

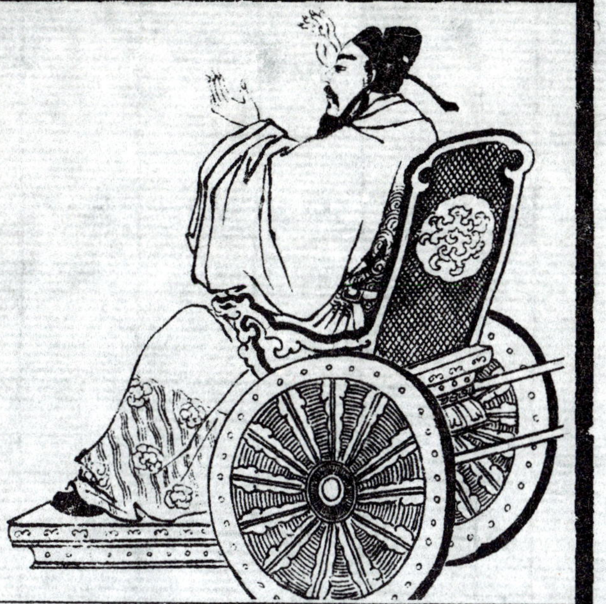

諸葛恪

諸葛恪，諸葛亮之兄諸葛瑾的長子，從小就以才思敏捷、善于應對著稱，後被吳君重用，掌握吳國大權。不久，諸葛恪被殺。相比于其父諸葛瑾，諸葛恪反被才能所誤。

注釋　①略：攻下，攻取。②邸閣：儲備糧食的地方。

譯文　赤烏四年（公元二四一年）春正月，天降大雪，地上的雪有三尺深，天上飛的鳥類和地上的獸類死了一大半。夏四月，派衛將軍全琮攻取淮南，挖掘開芍陂水庫，燒光了安城縣的官庫、府第樓閣，降服了當地的百姓。威北將軍諸葛恪攻取六安。琮與魏將王凌戰于芍陂，中郎將秦晃等十幾人在交戰中死亡。車騎將軍朱然圍攻樊城，大將軍諸葛瑾攻占了柤中。五月，太子孫登死。這個月，魏國太傅司馬懿援救樊城。六月，撤軍。這年閏月，大將軍諸葛瑾死。秋天八月，陸遜修築邾縣縣城。

原文　五年春正月，立子和爲太子，大赦，改禾興爲嘉興。百官奏立皇后及四王，詔曰：「今天下未定，民物勞瘁，且有功者或未錄，飢寒者尚未恤，猥割土壤以豐子弟①，崇爵位以寵妃妾，孤甚不取。其釋此議。」三月，海鹽縣言黃龍見。夏四月，禁進獻御，減太官膳②。秋七月，遣將軍聶友、校尉陸凱以兵三萬討珠崖、儋耳。是歲大疫，有司又奏立后及諸王。八月，立子霸爲魯王。

注釋　①猥：急切，倉促。②膳：指飲食用品。

譯文　赤烏五年（公元二四二年）春正月，孫權立兒子孫和爲皇太子，全國大赦，把禾興縣改稱爲嘉興縣。百官上書奏請封皇后和四位皇子，孫權下詔說：「現在天下還沒有平定，百姓勞苦，萬物被毀掉。有功勞的人有的還沒有封賞，忍飢挨餓的人還沒有撫恤，就分封自己的兒子財物，賜予妻妾以崇高的爵位使其尊貴，我認爲這種做法是不可取的。你們應該放棄這個建議。」三月，海鹽縣宣稱出現了黃龍。夏四月，禁止進獻貢品，減少皇帝飲食所用物資的供應數量。秋七月，派遣將軍聶友、校尉陸凱率領三萬名士兵進攻珠崖，儋耳。這一年，疫病流行，有關部門再次上書奏請封皇后以及衆皇子，八月，封子孫霸爲魯王。

司馬懿

原文

六年春正月，新都言白虎見。諸葛恪征六安，破魏將謝順營，收其民人。冬十一月，丞相顧雍卒。十二月，扶南王范旃遣使獻樂人及方物①。是歲，司馬宣王率軍入舒，諸葛恪自皖遷于柴桑。

注釋

①扶南：國名。即現在的柬埔寨。

譯文

赤烏六年（公元二四三年）春正月，新都縣對外宣稱發現了白虎。諸葛恪攻打六安，占領了魏將謝順的軍營，降服了六安的百姓。冬十一月，丞相顧雍死去。十二月，扶南王范旃派遣使者向孫權進獻樂工與地方特產。這一年，司馬懿率軍到達舒縣。諸葛恪從皖縣遷移到柴桑縣。

原文

七年春正月，以上大將軍陸遜爲丞相。秋，宛陵言嘉禾生。是歲，步騭、朱然等各上疏云：「自蜀還者，咸言欲背盟與魏交通①，多作舟船，繕治城郭。又蔣琬守漢中，聞司馬懿南向，不出兵乘虛以掎角之②，反委漢中，還近成都。事已彰灼③，無所復疑，宜爲之備。」權揆其不然④，曰：「吾待蜀不薄，聘享盟誓⑤，無所負之，何以致此？又司馬懿前來入舒，旬日便退，蜀在萬里，何知緩急而便出兵乎？昔魏欲入漢川，此間始嚴⑥，亦未舉動，會聞魏還而止，蜀寧可復以此有疑邪？又人家治國，舟船城郭，何得不護？今此間治軍，寧復欲以禦蜀邪？人言苦不可信⑦，朕爲諸君破家保之。」蜀竟自無謀，如權所籌。

注釋

①交通：這裏的意思是來往、勾結。②掎角：分兵多路牽制或者夾擊敵人。③彰灼：明顯，顯著。④揆：估計、揣量。⑤聘享：派遣使者訪問修好，進獻地方的特產。⑥嚴：這裏指軍事戒備。整理裝備，準備投入戰鬥。⑦苦：非常，極其。表明程度比較深。

《江表傳》載權詔曰：「是使妻去夫，子棄父，甚傷義教，自今勿殺也。」

譯文 赤烏七年（公元二四四年）春正月，任命上大將軍陸遜爲丞相。秋天，宛陵縣宣稱有嘉禾長出。這一年，步騭、朱然等分別上書說：「從蜀國回來的人都說蜀國想要背棄我們的盟約，與魏國通好，製造了許多船隻，修建了城牆和外城。此外蔣琬駐守漢中，聽到司馬懿發兵江南的消息，不趁着魏國西北兵力空虛的好時機出兵，從東西方夾擊敵人，反而放棄漢中，撤回軍隊返回成都。情況已經非常明顯，沒有什麼可以再值得懷疑，我們應該做好充分的準備。」孫權不是這樣考慮，說：「我對蜀國不錯，通好獻禮，盟誓友好，沒有什麼對不起他們的地方，爲什麼會出現這樣的情況呢？司馬懿帶兵來到舒縣，衹有十天就撤退了，蜀國遠在萬里之外，怎麼知道東南有危機就出兵西北呢？原來的時候魏國打算侵犯漢中地區，我們這裏剛開始準備軍械，還沒有行動，就聽說魏國撤軍的消息，我們便停止了支援配合，難道蜀國可以由此對我們產生懷疑嗎？此外，人家治理國家，船隻和城牆，怎麼能不修理維護呢？現在我們這裏也在整訓軍隊，難道目的是用來對付蜀國嗎？人們的傳言不可以輕信，我敢用破家向各位保證。」蜀國真的是沒有陰謀，就像孫權預測的那樣。

原文 **八年春二月，丞相陸遜卒。夏，雷霆犯宮門柱，又擊南津大橋楹①。**

茶陵縣鴻水溢出，流漂居民二百餘家。秋七月，將軍馬茂等圖逆，夷三族。八月，大赦。遣校尉陳勛將屯田及作士三萬人鑿句容中道，自小其至雲陽西城，通會市②，作邸閣。

九年春二月，車騎將軍朱然征魏柤中，斬獲千餘。夏四月，武昌言甘露降。秋九月，以驃騎將軍步騭爲丞相，車騎將軍朱然爲左大司馬，衛將軍全琮爲右大司馬，鎮南將軍呂岱爲上大將軍，威北將軍諸葛恪爲大將軍。

注釋 ①楹：柱子，橋柱子。②會市：這裏指集會商旅與貨物貿易。

譯文 赤烏八年（公元二四五年）春二月，丞相陸遜死

八陣圖石伏陸遜

諸葛亮入川時，在江濱布下八陣圖。陸遜攻蜀，誤入陣中迷失方向。諸葛亮岳父黃承彥不忍心陸遜喪命，將其帶出八陣圖。陸遜佩服諸葛亮智慧，收兵回吳。

《江表傳》曰：「是歲權遣諸葛壹僞叛以誘諸葛誕，權出塗中，潛軍以待之。誕覺而退。」

《瑞應圖》曰：「白虎仁者，王者不暴虐，則仁虎不害也。」

去。夏天，雷電擊中了宮門的立柱，又雷擊南津大橋橋柱，茶陵縣洪水泛濫，漂流失所的居民有二百多家。秋七月，將軍馬茂等人圖謀造反，被誅殺三族以内的親戚。八月，全國大赦，派遣校尉陳勛率領從事農耕的軍隊與身懷專門技術的工匠共計三萬人開鑿句容直道，從小其到雲陽西域，方便商販集會與貨物的交易，修建了囤積軍用物資的倉庫。

赤烏九年（公元二四六年）春二月，車騎將軍朱然圍攻魏國的柤中地區，斬首、俘虜一千多人。夏四月，武昌對外宣稱天降甘露。秋九月，任命驃騎將軍步騭爲丞相，車騎將軍朱然爲左大司馬，衛將軍全琮爲右大司馬，鎮南將軍呂岱爲上大將軍，威北將軍諸葛恪爲大將軍。

原文

十年春正月，右大司馬全琮卒。二月，權適南宮①。三月，改作太初宮，諸將及州郡皆義作②。夏五月，丞相步騭卒。冬十月，赦死罪。

十一年春正月，朱然城江陵。二月，地仍震③。三月，宮成。夏四月，雨雹，雲陽言黄龍見。五月，鄱陽言白虎仁。詔曰：「古者聖王積行累善，修身行道，以有天下，故符瑞應之，所以表德也④。朕以不明，何以臻兹⑤？書云『雖休勿休』，公卿百司，其勉修所職，以匡不逮。」

注釋

①適南宮：把南宮作爲正寢。②義作：自願參加的勞動。③仍：頻繁，多次。④表德：上天表彰帝王的功德。⑤臻兹：到此，至此。

譯文

赤烏十年（公元二四七年）春正月，右大司馬全琮去世。二月，孫權以南宮爲正宮。三月，改建太初宮，諸將以及各州郡的長官都義務參加勞動。夏天的五月，丞相步騭去世。冬天十月，在全國範圍内赦免了判了死刑的犯人。

赤烏十一年（公元二四八年）春天正月，朱然修建江陵城。二月，發生多次地震。三月，改建太初宮的工程竣工。夏天四月，天降冰雹；雲陽對外宣稱黄龍出現。五月，鄱陽對外宣稱白虎出現了但是不危害人。孫權下詔説：「古代的聖君長期積累德行，修身養性，實施王道，才能獲得天下，所以出現了祥瑞的吉兆，是爲了表彰聖君的德行。我如果不聖明怎麼能夠得到上天的表彰呢？《書》中説『雖然這是善行，但不要滿足這種善行』，朝廷的三公、九卿與衆多的官員，要盡量做好自己所主管的工作，幫助我糾正失誤。」

吳錄曰：「六月戊戌，寶鼎出臨平湖。八月癸丑，白鳩見于章安。」

庾闡《揚都賦》注曰：「孫權時合暮舉火于西陵，鼓三竟，達吳郡南沙。」

原文

十二年春三月，左大司馬朱然卒。四月，有兩烏銜鵲墮東館。丙寅，驃騎將軍朱據領丞相，燎鵲以祭。

十三年夏五月，日至①，熒惑入南斗，秋七月，犯魁第二星而東。八月，丹楊、句容及故鄣、寧國諸山崩，鴻水溢。詔原逋責②，給貸種食。廢太子和，處故鄣。魯王霸賜死。冬十月，魏將文欽僞叛以誘朱異，權遣呂據就異以迎欽。異等持重，欽不敢進。十一月，立子亮爲太子。遣軍十萬，作堂邑塗塘以淹北道。十二月，魏大將軍王昶圍南郡，荆州刺史王基攻西陵，遣將軍戴烈、陸凱往拒之，皆引還。是歲，神人授書，告以改年、立后。

注釋

①日至：這裏指夏至。②原：原諒、寬恕。

譯文

赤烏十二年（公元二四九年）春天三月，左大司馬朱然去世。四月，有一對烏鴉口叼喜鵲墜死在東館。丙寅日，驃騎將軍朱據兼任丞相，將喜鵲烘烤完用來祭祀。

赤烏十三年（公元二五〇年）夏五月，在夏至這天，熒惑星進入南斗星群。秋天的七月，熒惑星在干犯了北斗七星中的第二星之後向東去。八月，丹揚、句容以及故鄣、寧國等地的大山發生了崩塌的現象，洪水在大地上泛濫，孫權下詔免除百姓拖欠的錢財，供給、借出種子和糧食。廢除孫和的太子封號，命令他在故鄣居住，賜魯王孫霸死。冬天的十月，魏將文欽假裝叛變來誘惑吳將朱異，孫權派呂據靠近朱異便于迎接文欽。朱異等人辦事非常穩妥，文欽不敢前來。十一月，封子孫亮爲皇太子。孫權派遣十萬大軍，修築堂邑縣的塗塘水庫，使從北方到建業的大陸完全被淹沒。十二月，魏國大將王昶圍攻南郡，荆州刺史王基進軍西陵，孫權派遣將軍戴烈、陸凱率軍前去抗擊，王昶、王基都撤還。這一年，神人授予天書，對孫權說要改稱年號，立皇后。

吳錄曰：「羅陽今安固縣。」

原文

太元元年夏五月，立皇后潘氏，大赦，改年。初臨海羅陽縣有神，自稱王表。周旋民間①，語言飲食，與人無異，然不見其形。又有一婢，名紡績。是月，遣中書郎李崇齎輔國將軍羅陽王印綬迎表。表隨崇俱出，與崇及所在郡守令長談論，崇等無以易②。所歷山川，輒遣婢與其神相聞③。秋七月，崇與表至，權于蒼龍門外爲立第舍，數使近臣齎酒食往。表說水旱小事，往往有驗。秋八月朔，大風，江海湧溢，平地深八尺，吳高陵松柏斯拔，郡城南門飛落。冬十一月，大赦。權祭南郊還，寢疾④。十二月，驛征大將軍恪，拜爲太子太傅⑤。詔省徭役，減征賦，除民所患苦。

吳錄曰：「權得風疾。」

注釋 ①周旋：與别人應酬、打交道。②易：改變。③輒：每次，屢次。④寢疾：患重病卧床不起。⑤太子太傅：官名。職掌輔導太子。

譯文 太元元年（公元二五一年）夏五月，封潘氏爲皇后，全國大赦，改年號。當初的時候，臨海郡羅陽縣有一個神仙，自稱王表。他在人間經常活動，言語飲食與平常的人没有什麼不同，但是人們卻看不見他的形體。神仙王表還有一名女僕，叫紡績。這一月，孫權派中郎將李崇帶着輔國將軍羅陽王印章去迎接王表。王表跟着李崇，與其同時出發，與李崇以及當地的郡守和縣令談論了很長時間，李崇等人沒法改變他的看法。他們所經過的山河，一般都是讓婢女紡績告知她的神靈，秋七月，李崇與王表到達建業，孫權在蒼龍門外面給王表修建府第，多次派身邊的近臣送酒食給他。王表預言下雨

天旱等小事，往往非常靈驗。秋八月初一，大風，江水、海水暴漲，平地上的水有八尺深，吳國孫堅陵墓的松柏被風拔起，郡城的南門意外地坍塌掉。冬天十一月，全國大赦，孫權到南郊祭祀回來以後就卧病在床。十二月，派人騎驛馬召見大將軍諸葛恪，任命他爲太子太傅。孫權下詔減免差役，減免稅賦，廢除令民衆感到愁苦的法令。

原文 二年春正月，立故太子和爲南陽王①，居長沙；子奮爲齊王，居武昌；子休爲琅邪王，居虎林。二月，大赦，改元爲神鳳。皇后潘氏薨。諸將吏數詣王表請福②，表亡去③。夏四月，權薨，時年七十一，謚曰大皇帝。秋七月，葬蔣陵。

評曰：孫權屈身忍辱④，任才尚計，有句踐之奇，英人之傑矣。故能自擅江表，成鼎峙之業⑤。然性多嫌忌⑥，果于殺戮，暨臻末年⑦，彌以滋甚。至于讒說殄行⑧，胤嗣廢斃，豈所謂貽厥孫謀以燕翼子者哉？其後葉陵遲⑨，遂致覆國，未必不由此也。

馬融注《尚書》曰：「殄，絕也，絕君子之行。」

注釋 ①故：這裏是原來的意思。②請福：請求上天的保佑。③亡：逃走，逃跑。④屈身忍辱：這裏指向曹丕稱藩署的事情。⑤鼎峙之業：這裏指三分天下的基業。⑥嫌忌：猜疑忌諱。⑦曁：及，到。⑧讒說：讒言。⑨陵遲：衰敗，衰落。

譯文 太元二年（公元二五二年）春天正月，封原太子孫和爲南陽王，定居在長沙；封孫奮爲齊王，定居在武昌；封孫休爲琅邪王，定居在虎林。二月，全國大赦，改年號爲神鳳。皇后潘氏死。諸將經常到王表那裏請求保佑，王表逃跑。夏天的四月，孫權去世，享年七十一歲，謚號爲大皇帝。秋七月，安葬在蔣陵。

評論說：孫權能委屈求全、忍受屈辱；任用賢才，崇尚智謀，有勾踐一樣的奇才大略，是人中豪傑。所以能獨自占據江南，建立了與蜀魏鼎足三分天下的偉業。但是他天性多猜疑，果斷地實施殺戮的酷刑，到了晚年，變得更加嚴重，以至于聽信小人的讒言，濫施暴行，自己的親生兒子有的被廢掉或者殺掉，這難道是像《詩》中所說的那樣要留下遠略保護子孫安全的人嗎？他的後代衰落，致使國家滅亡，未必不是因爲他犯了這麼大的錯誤呢！

周瑜魯肅呂蒙傳

原文 周瑜字公瑾，廬江舒人也。從祖父景，景子忠，皆爲漢太尉。父異，洛陽令。

瑜長壯有姿貌。初，孫堅興義兵討董卓，徙家于舒。堅子策與瑜同年，獨相友善，瑜推道南大宅以舍策①，升堂拜母，有無通共。瑜從父尚爲丹楊太守，瑜往省之②。會策將東渡，到歷陽，馳書報瑜，瑜將兵迎策。策大喜曰：「吾得卿，諧也③。」遂從攻橫江、當利，皆拔之④。乃渡江擊秣陵，破笮融、薛禮，轉下湖孰、江乘，進入曲阿，劉繇奔走，而策之衆已數萬矣。因謂瑜曰：「吾以此衆取吳會平山越已足。卿還鎮丹楊。」瑜還。頃之，袁術遣從弟胤代尚爲太守，而瑜與尚俱還壽春⑤。術欲以瑜爲將，瑜觀術終無所成，故求爲居巢長，欲假途東歸，術聽之。遂自居巢還吳。

《江表傳》曰：策從容戲瑜曰：「橋公二女雖流離，得吾二人作婿，亦足爲歡。」

臣松之案：江夏，應在今巴丘縣也，與後所（平）巴丘處不同。

周瑜

周瑜，字公瑾，三國時吳國名將。多謀善斷，胸襟廣闊，謙虛有禮，人稱周郎。在赤壁之戰中大敗曹軍，奠定三分天下基礎。後圖進中原，不幸早逝。

是歲，建安三年也。策親自迎瑜，授建威中郎將，即與兵二千人，騎五十匹。瑜時年二十四，吳中皆呼爲周郎。以瑜恩信著于廬江，出備牛渚，後領春穀長。頃之，策欲取荆州，以瑜爲中護軍，領江夏太守，從攻皖，拔之。時得橋公兩女，皆國色也。策自納大橋，瑜納小橋。復進尋陽，破劉勛，討江夏，還定豫章、廬陵，留鎮巴丘。

注釋

①策：人名，孫策。②省：探望。③諧：成功，勝利。④拔：占領，攻克。⑤壽春：地名，今安徽省壽縣。

譯文

周瑜，字公瑾，廬江郡舒縣人。他的堂祖父周景和周景的兒子周忠都做過漢朝太尉。他父親周異曾任洛陽縣令。

周瑜身高體壯，生得俊美漂亮。當初孫堅興義兵討伐董卓時，把家遷到舒縣去。孫堅的兒子孫策和周瑜同歲，兩個人特別要好。周瑜把路南邊的大宅院讓給孫策住，到廳堂上去拜見孫策的母親，周孫二人互通有無。周瑜的叔父周尚任丹楊太守，周瑜去探望他。正趕上孫策準備渡江東征，到了歷陽，派騎兵送信給周瑜，周瑜就領兵去迎接孫策。孫策非常高興，說：「我得到了您，就會成功了。」于是周瑜隨孫策去攻打橫江、當利等地，把它們都占領了。他們于是渡過長江去攻打秣陵，打敗了笮融、薛禮，轉而攻下了湖熟、江乘，進入曲阿境內。劉繇逃走了。這時孫策的軍隊已經有幾萬人了。孫策就對周瑜說：「我用這些人馬去奪取吳郡、會稽郡，平定山越，已經夠用了。您回去鎮守丹楊吧！」于是周瑜回去了。不久，袁術派堂弟袁胤代替周尚做丹楊太守，而讓周瑜和周尚都回到壽春。袁術要任命周瑜做將軍。周瑜看袁術終究不會成就大事，就請求去做居巢縣長，想借這條路回到江東。袁術答應了。周瑜就從居巢回到吳郡。

這一年是建安三年（公元一九八年）。孫策親自迎接周瑜，授給他建威中郎將的官職，當即給他

大橋、小橋

建安三年（公元一九八年），孫策授周瑜建威中郎將的官職，周瑜當時二十四歲，吳郡人都把他叫作「周郎」。不久，孫策想奪取荆州，任命周瑜做中護軍，兼任江夏太守，跟隨孫策去攻打皖城，占領了它。當時得到了橋公的兩個女兒大橋小橋，都具有天姿國色。孫策自己娶了大橋，周瑜娶了小橋。

兩千名士兵，五十匹戰馬。周瑜當時二十四歲，吳郡人都把他叫作「周郎」。因爲周瑜在廬江的恩德信義名聲卓著，孫策就讓他到牛渚守衛，後來兼任春穀縣長。不久，孫策想奪取荆州，任命周瑜做中護軍，兼任江夏太守，跟隨孫策去攻打皖城，占領了它。當時得到了橋公的兩個女兒大橋小橋，都具有天姿國色。孫策自己娶了大橋，周瑜娶了小橋。孫策再次進軍潯陽，打敗了劉勛，進攻江夏，回軍平定了豫章、廬陵，周瑜留在巴丘鎮守。

原文

五年，策薨①，權統事。瑜將兵赴喪，遂留吳，以中護軍與長史張昭共掌衆事。

十一年，督孫瑜等討麻、保二屯，梟其渠帥②，囚俘萬餘口，還備宫亭。江夏太守黄祖遣將鄧龍將兵數千人入柴桑，瑜追討擊，生虜龍送吳。

十三年春，權討江夏，瑜爲前部大督。其年九月，曹公入荆州，劉琮舉衆降，曹公得其水軍，船步兵數十萬，將士聞之皆恐。權延見羣下，問以計策。

議者咸曰：「曹公豺虎也，然托名漢相，挾天子以征四方，動以朝廷爲辭，今日拒之，事更不順。且將軍大勢，可以拒操者，長江也。今操得荆州，奄有其地，劉表治水軍，蒙衝鬥艦③，乃以千數；操悉浮以沿江，兼有步兵，水陸俱下，此爲長江之險，已與我共之矣。而勢力衆寡，又不可論④。愚謂大計不如迎之。」瑜曰：「不然。操雖托名漢相，其實漢賊也。將軍以神武雄才，兼仗父兄之烈，割據江東，地方數千里，兵精足用，英雄樂業，尚當横行天下，爲漢家除殘去穢。況操自送死，而可迎之邪？請爲將軍籌之：今使北土已安，操無内憂，能曠日持久，來爭疆

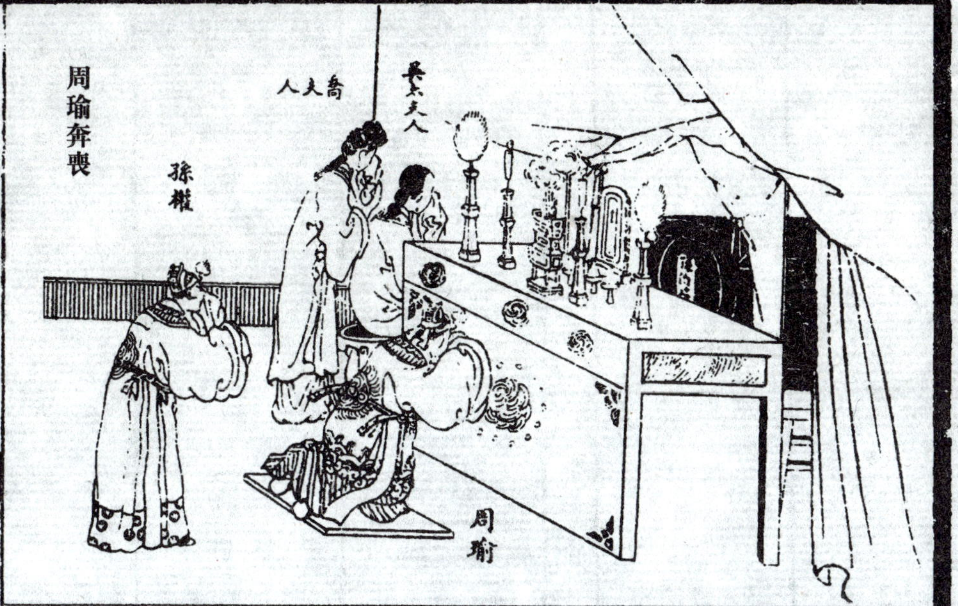

場，又能與我校勝負于船楫間乎？今北土既未平安，加馬超、韓遂尚在關西，爲操後患。且捨鞍馬，仗舟楫，與吳越爭衡，本非中國所長。又今盛寒，馬無藁草，驅中國士衆遠涉江湖之間，不習水土，必生疾病。此數四者，用兵之患也⑤，而操皆冒行之。將軍禽操，宜在今日。瑜請得精兵三萬人，進住夏口，保爲將軍破之。」權曰：「老賊欲廢漢自立久矣，徒忌二袁、呂布、劉表與孤耳。今數雄已滅，惟孤尚存，孤與老賊，勢不兩立。君言當擊，甚與孤合，此天以君授孤也。」

注釋

①薨：死。古代諸侯死爲「薨」。②梟：把人殺死後將頭懸挂于木上。③蒙衝：古代戰船的名稱。④不可論：不可相提並論。⑤患：禁忌。

譯文

建安五年（公元二〇〇年），孫策去世，孫權統領政事。周瑜率領軍隊去吊喪，就留在吳郡，以中護軍的身份和長史張昭等人共同管理各項事務。

建安十一年（公元二〇六年），周瑜統率孫瑜等人討伐麻、保兩處軍屯，殺死了他們的首領，俘虜了一萬多人，回來防守宮亭。江夏太守黃祖派將軍鄧龍率領幾千名士兵進入柴桑，周瑜追去攻擊，把鄧龍俘虜送到吳郡。

建安十三年（公元二〇八年）春天，孫權攻打江夏，周瑜爲前部大都督。這一年的九月，曹操進軍荊州，劉琮領全軍投降，曹操獲得了他的水軍，水兵和步兵達到幾十萬人，吳郡將士們聽到後都恐慌不安。孫權召見部下官員，問他們該采取什麼計策。

議論的人們都說：「曹操是豺狼虎豹一樣的人，但是他借着漢朝丞相的名義，挾制皇帝，征討四方，行動都是以朝廷爲借口，現在去抵擋他，形勢會更不利。而且將軍您所處的形勢下，能夠抵擋曹操的衹有長江了。現在曹操得到了荊州，吞併了這片土地，劉表訓練的水軍有幾千艘蒙衝艦和戰船；

曹操把它們全用來沿江進攻，加上步兵，水陸兩軍一起沿江而下，這就是說曹操已經和我們共同占有長江天險了。而力量的多少上，我們又沒法和敵人相提並論。我們認爲不如采用迎接曹操的大計。」周瑜說：「不對。曹操雖然假托漢朝丞相的名義，實際上是漢朝的賊臣。將軍雄才大略，加上倚仗父兄的英烈，割據江東地區，擁有幾千里土地，士兵精銳，物資充足，英雄豪傑樂于效力，正應該橫行天下，爲漢朝除去危害。何況曹操自己來送死，怎麽能向他投降呢？請讓我替您籌劃一下：即使現在北方已經平定，曹操沒有內部的憂患，他能曠日持久地來和我們爭奪疆土，又能和我們在水戰中一決勝負嗎？現在北方還沒有完全平定，加上馬超、韓遂等人還在關中地區，足爲曹操的後患。曹操放棄鞍馬，依靠船隻來和吳越士兵作戰，這本來就不是中原士兵擅長的。現在又是嚴寒時節，馬匹沒有草料，中原的士兵被遠遠地驅趕到江湖之間來，他們不習慣水土，一定會生病。這四個方面，都是用兵大忌，而曹操卻全部違犯了。將軍您擒獲曹操，就在今天了。我請求得到三萬名精兵，進軍夏口駐守，保證爲您打敗曹操。」孫權說：「曹操這個老賊很早就想要廢黜漢朝皇帝，自立爲皇帝了，衹是擔心袁紹、袁術、呂布、劉表和我罷了。現在這幾個人物已經被消滅，衹有我還在，我和曹操老賊勢不兩立。您說應該抗擊他，和我的看法完全一致，這是上天把您送給我的啊！」

周瑜赤壁縱火

建安十三年（公元二〇八年）初冬，曹操率兵伐吳，駐軍于赤壁，士兵不服水戰，于是曹操下令將戰船相連。周瑜利用曹軍「連環船」的弱點，揚水戰之長，巧用火攻，贏得赤壁之戰的勝利。

原文

時劉備爲曹公所破，欲引南渡江，與魯肅遇于當陽，遂共圖計，因進住夏口，遣諸葛亮詣權①。權遂遣瑜及程普等與備並力逆曹公，遇于赤壁。時曹公軍衆已有疾病，初一交戰②，公軍敗退，引次江北。瑜等在南岸。瑜部將黃蓋曰：「今寇衆我寡，難與持久。然觀操軍船艦首尾相接，可燒而走也③。」乃取蒙衝鬥艦數十艘，實以薪草，膏油灌其中，裹以帷幕，上建牙旗；先書報曹公，欺以欲降；又豫備走舸，各繫大船後，因引次吴録曰：「瑜以二千人益之。」

俱前。曹公軍吏士皆延頸觀望，指言蓋降。蓋放諸船，同時發火。時風盛猛，悉延燒岸上營落。頃之，煙炎張天，人馬燒溺死者甚衆，軍遂敗退，還保南郡。備與瑜等復共追。曹公留曹仁等守江陵城，徑自北歸。

注释 ①詣：到。此處指拜見。②初：剛剛。③走：跑，使動用法，使之跑。

譯文 當時劉備被曹操打敗了，想要領兵渡江南下，和魯肅在當陽相遇，就一起商議計策，于是進駐夏口，派諸葛亮去拜見孫權。孫權就派周瑜和程普等人與劉備合作一起抵禦曹操，兩軍在赤壁相遇。當時曹操的士兵中已經有疾病流行，剛一交戰，曹操就敗退，領兵到江北駐扎。周瑜等人在南岸駐軍。周瑜的部將黃蓋說：「現在敵人衆多，我軍人少，很難和他們長久對峙。但是我看曹操軍隊的戰船都是首尾相連在一起，可以燒毀船，打跑他們。」就用幾十艘蒙衝戰船，裝滿了柴草，裏面灌上油脂，外面蒙上帷幕，上面插起牙旗；黃蓋事先寫信告訴曹操，騙他說自己要投降；又預備了逃脱用的快船，分别拴在大船後面，于是按次序把船全開過去。曹操軍隊的官員士兵們都伸着脖子觀看，指點着說黃蓋來投降了。黃蓋放開各船，同時點火。當時風勢很猛，火焰蔓延到岸上的軍營中，把它們全燒着了。不一會兒，濃烟和大火遮住了天空，曹操的人馬很多都被燒死或淹死，曹軍退回南郡。劉備和周瑜等人又率軍一同追擊。曹操留下曹仁等人守衛江陵城，自己退回北方。

曹仁大戰東吴兵

赤壁之戰後曹操北退，曹仁留屯江陵，拒守周瑜。周瑜帶軍數萬，曹仁眼看部將垂危頻没，意氣奮怒，帶領其麾下壯士衝入敵圍，解救其部將，又殺敵數人，把吴軍擊退。

原文 瑜與程普又進南郡，與仁相對，各隔大江。兵未交鋒，瑜即遣甘寧前據夷陵。仁分兵騎别攻圍寧。寧告急于瑜。瑜用呂蒙計①，留凌統以守其後，身與蒙上救寧。寧圍既解，乃渡屯北岸，剋期大戰②。瑜親跨馬擽陳，會流矢中右脅，瘡甚，便還。後仁聞瑜臥未起，勒兵就陣。瑜乃自輿，案行軍營，激揚吏士，仁由是遂退。

權拜瑜偏將軍③，領南郡太守。以下雋、

臣松之案，所卒之處，應在今之巴陵，與前所鎮巴丘，名同處異也。

漢昌、劉陽、州陵爲奉邑，屯據江陵。劉備以左將軍領荆州牧，治公安。備詣京見權，瑜上疏曰：「劉備以梟雄之姿，而有關羽、張飛熊虎之將，必非久屈爲人用者。愚謂大計宜徙備置吳，盛爲築宮室，多其美女玩好，以娛其耳目；分此二人，各置一方，使如瑜者得挾與攻戰，大事可定也。今猥割土地以資業之，聚此三人，俱在疆埸，恐蛟龍得雲雨，終非池中物也。」權以曹公在北方，當廣攬英雄，又恐備難卒制，故不納。

注釋 ①計：計策，計謀。②剋期：約定日期。③偏將軍：副將軍。

譯文 周瑜和程普又進軍南郡，與曹仁對峙，中間隔着長江。兩軍還沒有交戰，周瑜就派甘寧前去占領夷陵。曹仁分出一支騎兵去攻打甘寧，把他包圍。甘寧向周瑜告急。周瑜用呂蒙的計策，留下凌統在後方守衛，親自和呂蒙到上游去救甘寧。甘寧受到的包圍被解除後，周瑜就渡江在北岸駐扎，約定時期與曹軍大戰。周瑜親自騎馬上陣督戰，正巧被流箭射中右肋，傷勢很重，就回營去了。以後曹仁聽說周瑜卧床不起，整頓軍隊來作戰。周瑜就自己勉強起身，巡查軍營，激勵將士，曹仁因此就

退走了。

孫權任命周瑜爲偏將軍，兼任南郡太守。把下雋、漢昌、劉陽、州陵作爲周瑜的食邑，讓他在江陵駐守。劉備以左將軍的身份兼任荆州牧，州府設在公安。劉備到建業拜見孫權，周瑜上奏章說：「劉備具有強悍雄偉的姿態，又有關羽、張飛這樣熊虎一樣的將領，一定不是長久屈居人下被人使用的人物。我認爲最好的方法是把劉備遷到吳郡去安置，給他大肆建造宮殿，供給他很多美女玩物，讓他沉溺享受；再把關羽、張飛兩個人分開，各置一方，讓像我這樣的人能夠脅迫他們參加作戰，就可以使大事成功。現在輕易分割土地給他們，成爲他們的資產，讓這三個人聚在一起，都位于邊疆地區，恐怕會像蛟龍得到雲雨的幫助一樣，最終就不是水池中的動物了。」孫權認爲曹操在北方是個威脅，東吳應該廣泛招攬英雄，又擔心劉備難以很快被制服，所以沒采納他的意見。

原文 是時劉璋爲益州牧，外有張魯寇侵①，瑜乃詣京見權曰：「今曹操新折衄②，方憂在腹心，未能與將軍連兵相事也。乞與奮威俱進取蜀，得蜀而併張魯，因留奮威固守其地，好與馬超結援。瑜還與將軍據襄陽

曲有誤，周郎顧

周瑜年少時對音樂有過精心研究，即使是在喝了三大杯酒後，樂曲演奏中有了錯誤，周瑜也能聽出來，然後一定要看一下樂隊。所以當時人們流傳說：「曲有誤，周郎顧。」

以襲操，北方可圖也。」權許之。瑜還江陵，爲行裝，而道于巴丘病卒，時年三十六。權素服舉哀，感動左右。喪當還吳，又迎之蕪湖；衆事費度，一爲供給。後著令曰：「故將軍周瑜③、程普，其有人客，皆不得問。」

初瑜見友于策，太妃又使權以兄奉之④。是時權位爲將軍，諸將賓客爲禮尚簡；而瑜獨先盡敬，便執臣節。性度恢廓，大率爲得人，惟與程普不睦。

瑜少精意于音樂，雖三爵之後，其有闕誤，瑜必知之，知之必顧⑤，故時人謠曰：「曲有誤，周郎顧。」瑜兩男一女。女配太子登。男循尚公主，拜騎都尉，有瑜風，早卒。循弟胤，初拜興業都尉，妻以宗女，授兵千人，屯公安。黃龍元年，封都鄉侯，後以罪徙廬陵郡。

注釋 ①侵：入侵，侵略。②衄：傷，折傷。③故：死，去世。④以兄奉之：像對待兄長那樣對待他。⑤顧：回頭看。

譯文 當時劉璋任益州牧，外有張魯的侵略，周瑜就去建業拜見孫權，說：「現在曹操剛受到挫折，正在擔心內部的事務，不能和將軍連續交戰。我請求和奮威將軍一起去進攻蜀郡，得到蜀郡，兼併張魯的力量後，就把奮威將軍留下來在那裏固守，好和馬超結成同盟，互相援助。我回來與您占據襄陽以便逼迫曹操，就可以圖謀奪取北方了。」孫權答應了。周瑜回到江陵，整頓行裝，卻在走到巴丘時病死了，時年僅三十六歲。孫權親自穿着喪服主持喪事，左右部屬都很感動。周瑜的靈柩送回吳郡時，孫權又到蕪湖迎接；周瑜各種喪事費用，全部由孫權供給。後來孫權發布命令說：「已故將軍周瑜、程普的佃戶僕役情況，官府全不許過問。」

以前周瑜與孫策結爲好友，吳太妃又讓孫權把周瑜當作兄長一樣對待。當時孫權的職位是將軍，各位將領和賓客向他行禮時還很簡單；而衹有周瑜率先非常敬重他，以對君主的禮節對待孫權。周瑜心胸開闊，大體上能夠得到人心，衹是和程普之間不和睦。

周瑜年少時對音樂有過精心研究，即使是在喝了三大杯酒後，樂曲演奏中有了錯誤，周瑜也能聽出來，聽出來後一定要看一下樂隊。所以當時人們流傳說：「曲有誤，周郎顧。」周瑜有兩個兒子一個女兒。女兒嫁給吳太子孫登。兒子周循娶了公主，被任命爲騎都尉，他有周瑜的風度，但很早去世。周循的弟弟周胤，起初做興業都尉，孫權把宗室的女子嫁給他，又給他一千名士兵，讓他駐守公安。黃龍元年（公元二二九年），周胤被封爲都鄉侯，後來因罪被遷往廬陵郡。

原文

赤烏二年，諸葛瑾、步騭連名上疏曰：「故將軍周瑜子胤，昔蒙粉飾[1]，受封爲將，不能養之以福，思立功效，至縱情欲，招速罪辟[2]。臣竊以瑜昔見寵任，入作心膂，出爲爪牙，銜命出征，身當矢石，盡節用命，視死如歸，故能摧曹操于烏林，走曹仁于郢都，揚國威德，華夏是震，蠢爾蠻荊，莫不賓服，雖周之方叔，漢之信、布，誠無以尚也。夫折衝捍難之臣，自古帝王莫不貴重，故漢高帝封爵之誓曰『使黃河如帶，太山如礪，國以永存，爰及苗裔』；申以丹書，重以盟詛[3]，藏于宗廟，傳于無窮，欲使功臣之後，世世相踵[4]，非徒子孫，乃關苗裔；報德明功，勤勤懇懇，如此之至，欲以勸戒後人，用命之臣，死而無悔也。況于瑜身沒未久，而其子胤降爲匹夫，益可悼傷。竊惟陛下欽明稽古，隆于興繼，爲胤歸訴，乞匄餘罪，還兵復爵，使失旦之鷄，復得一鳴，抱罪之臣，展其後效。」

權答曰：「腹心舊勛，與孤協事，公瑾有之，誠所不忘。昔胤年少，初無功勞，橫受精兵，爵以侯將，蓋念公瑾以及于胤也。而胤恃此，酗淫自恣[5]，前後告喻，曾無悛改[6]。孤于公瑾，義猶二君，樂胤成就，豈有已哉？迫胤罪惡，未宜便還，且欲苦之，使自知耳。今二君勤勤援引漢高河山之誓，孤用恧然。雖德非其疇，猶欲庶幾，事亦如爾，故未順旨。以公瑾之子，而二君在中間，苟使能改，亦何患乎！」瑾、騭表比上，朱然及全琮亦俱陳乞，權乃許之。會胤病死。

注釋

①粉飾：打扮，裝飾。此處是指贊譽，稱贊。②辟：刑罰。③盟詛：盟約，誓約。④踵：本義指脚後跟，此處指相接、相傳。⑤酗淫：酗酒淫亂。自恣：肆意妄爲。⑥悛改：悔改。

譯文

赤烏二年（公元二三九年），諸葛瑾和步騭聯名上奏章說：「已故將軍周瑜的兒子周胤，過去曾蒙受了過分的贊譽，被封爲將軍。他不能用福祉保護自己，想着去立功報國，反而放縱情欲，很快招致刑罰。臣子們私下認爲周瑜過去受到恩寵，在朝廷是心腹重臣，在外是英勇的將領，受命出征，親自冒着石塊箭矢去作戰，盡到了臣子的職責，完成了任務，視死如歸，這才能在烏林打敗曹操，在郢都趕走曹仁，顯示出我國的威力和德行，中原地區也爲之震動，荆州的蠻夷們沒有一處不稱臣納貢，即使是周代的方叔，漢朝的韓信、英布，也確實不能超過他。那些可以挫敗敵人進攻解除危難的大臣，自古以來，沒有不被帝王們珍惜敬重的。所以漢高祖在封爵位時的誓詞中說：『即使黃河變成

衣帶那樣窄，泰山變成磨刀石那樣小，您的封國也會永遠存在，一直傳到子孫後代。』並且用丹砂寫的文書申明，用盟誓詛咒的隆重儀式宣布，把文書藏到宗廟中去，讓它流傳到無窮無盡的後世，要讓功臣的後代一代代相承，不衹是子孫，就連後代傳人都考慮到；報答和顯示臣子的功德，勤勤懇懇，達到如此周到的地步，目的是要鼓勵和告誡後人，讓誓死爲國的臣子，死了也不會後悔。但在周瑜去世後不久，他的兒子周胤就被貶爲平民，這不能不令人感到悲傷。我們希望陛下明智地考察古代史事，重視使功臣後代振興、世代繼嗣的德政。我們替周胤向您傾訴，請求寬恕他犯過的罪過，還給他士兵，恢復他的爵位，使錯過了報曉的雄雞再鳴叫一次，讓戴罪的臣子以後能爲國效力。」

孫權回答說：「我的舊日心腹功臣中，和我一起共事的周公瑾，我確實不能忘記啊！從前周胤年幼，還沒有什麼功勞，憑空接受了精銳的士兵，給他侯爵和將軍職位，就是由于我懷念周公瑾，才延續到周胤身上。而周胤倚仗這些，放縱自己，酗酒淫亂，前後多次告誡他，他都沒有改悔。我對于周公瑾的情誼和你們二位一樣，期待周胤有成就，難道會有終結的時候嗎？但限于周胤的罪惡，不能馬上讓他回來，還想讓他暫時吃些苦，讓他自己悔悟罷了。現在你們二位再三引用漢高祖封爵時向山河

做的誓言，我感到很羞愧。雖然我的德行比不上漢高祖，但還想和他相差不多，事情也是像這樣的，所以沒有依從你們的意思。周胤作爲周公瑾的兒子，又有你們二位在其中幫助，假如他能改正，還有什麽可擔心的呢？」諸葛瑾、步騭的奏章連續送上，朱然和全琮也都陳辭求情，孫權就答應了。偏偏周胤這時病死了。

原文 瑜兄子峻，亦以瑜元功爲偏將軍，領吏士千人。峻卒，全琮表峻子護爲將①。權曰：「昔走曹操，拓有荆州，皆是公瑾，常不忘之。初聞峻亡，仍欲用護，聞護性行危險②，用之適爲作禍，故便止之。孤念公瑾，豈有已乎？」

注釋 ①表：上書，奏請。②危險：惡毒，惡劣。

譯文 周瑜的侄子周峻，也因爲周瑜的大功做了偏將軍，率領上千名官吏士兵。周峻去世後，全琮奏請封周峻的兒子周護做將軍。孫權說：「過去打跑曹操，開拓占領荆州，全是周公瑾的功勞，我經常懷念他，不會忘了他。剛聽到周峻去世時，我還想用周護，但聽說周護品行惡劣，人很危險，使用他祇能造成災禍，所以就沒有用。我懷念周公瑾，難道有終結的時候嗎？」

魯肅

魯肅，字子敬，三國時東吳名臣。他治軍有方，聞名遐邇，而且慮深思遠，見解超人。一生的最大功績是倡導、促成並終身不易地竭力維護孫劉聯盟，使三足鼎立之勢能夠形成。

原文 魯肅字子敬，臨淮東城人也。生而失父①，與祖母居。家富于財，性好施與。爾時天下已亂，肅不治家事，大散財貨，摽賣田地②，以賑窮弊結士爲務③，甚得鄉邑歡心。

周瑜爲居巢長，將數百人故過候肅，並求資糧。肅家有兩囷米，各三千斛，肅乃指一囷與周瑜，瑜益知其奇也，遂相親結，定僑、札之分。袁術聞其名，就署東城長。肅見術無綱紀，不足與立事④，乃攜老弱將輕俠少年百餘人，南到居巢就瑜。瑜之東渡，因與同行，留家曲阿。會祖母亡，還葬東城。

【注釋】①生：出生的時候。②摽：通「標」，此處指標價出售。③窮弊：窮困的人。結士：結交朋友。④立事：成就大事。

【譯文】魯肅，字子敬，臨淮郡東城縣人。他生下來就失去了父親，和祖母住在一起。家中富有財產，他生性喜好施捨錢財給別人。這時天下已經動亂，魯肅不治理家業，把大量財物散發給人們，標價出賣田地，用所得錢財全力投入賑濟窮困百姓和結交士人的事業中，很得鄉里人們的歡心。

周瑜任居巢縣長，領着幾百人經過，特地來拜訪魯肅，並且請求他資助糧食。魯肅家中有兩大倉米，每個倉中有三千斛，魯肅就指着一個米倉，將它贈送給周瑜。周瑜更加了解了魯肅的非凡才幹，就和他結成親密的朋友，確定了公孫僑和季札那樣的深厚情誼。袁術聽說了魯肅的大名，就讓他做東城縣長。魯肅見到袁術沒有規章法紀，不值得和他共同建立功業，就攜帶老弱人口，領着一百多名剽勇好俠義的青年人，往南到居巢去投奔周瑜。周瑜東渡長江，魯肅就和他一同走，把家屬留在曲阿。正遇上他的祖母去世，魯肅把她送回，葬在東城。

【原文】劉子揚與肅友善，遺肅書曰[1]：「方今天下豪傑並起，吾子姿才，尤宜今日。急還迎老母，無事滯于東城。近鄭寶者，今在巢湖，擁衆萬餘，處地肥饒，廬江閒人多依就之，況吾徒乎？觀其形勢，又可博集，時不可失，足下速之。」肅答然其計。葬畢還曲阿，欲北行。會瑜已徙肅母到吳，肅具以狀語瑜。時孫策已薨，權尚住吳，瑜謂肅曰：「昔馬援答光武云『當今之世，非但君擇臣，臣亦擇君』。今主人親賢貴士，納奇錄異[2]，且吾聞先哲秘論[3]，承運代劉氏者，必興于東南，推步事勢，當其曆數，終構帝基，以協天符，是烈士攀龍附鳳馳騖之秋。吾方達此，足下不須以子揚之言介意也。」肅從其言。瑜因薦肅才宜佐時，當廣求其比，以成功業，不可令去也。

權即見肅，與語甚悅之[4]。衆賓罷退，肅亦辭出，乃獨引肅還，合榻對飲。因密議曰：「今漢室傾危，四方雲擾，孤承父兄餘業，思有桓文之

周瑜薦魯肅

孫策去世，周瑜與張昭共佐孫權。「得人者昌，失人者亡」，周瑜向孫權推薦魯肅，說此人有經天緯地之才，可以輔君成就帝業。周瑜臨死，又推薦魯肅接任自己的職位。

功。君既惠顧，何以佐之？」肅對曰：「昔高帝區區欲尊事義帝而不獲者，以項羽爲害也。今之曹操，猶昔項羽，將軍何由得爲桓文乎？肅竊料之⑤，漢室不可復興，曹操不可卒除。爲將軍計，惟有鼎足江東，以觀天下之釁。規模如此，亦自無嫌。何者？北方誠多務也。因其多務，剿除黃祖，進伐劉表，竟長江所極，據而有之，然後建號帝王以圖天下，此高帝之業也。」權曰：「今盡力一方，冀以輔漢耳，此言非所及也。」張昭非肅謙下不足，頗訾毀之⑥，云肅年少粗疏，未可用。權不以介意，益貴重之，賜肅母衣服幃帳，居處雜物，富擬其舊。

注釋　①遺：送。②奇、異：奇異有才能之人。③先哲：先賢，古代有賢德之士。④悅之：喜歡他。⑤竊：謙稱詞，表示個人之意，私下認爲。⑥訾毀：毀謗，詆毀。

譯文　劉子揚和魯肅很友好，給魯肅寫信說：「當今天下豪傑同時起事。您的才幹品質尤其適合當前的形勢。您應該盡快回來迎接老母親，不要因事滯留在東城。近來有個叫鄭寶的人，現在巢湖地區擁有一萬多人馬，他占據的土地肥沃，出產富饒，廬江之間的人們大多去依附他，何況像我們這些人呢？觀看他的形勢，還可以大量收集人才，時機不可喪失，您盡快去吧！」魯肅回信，贊成他的打算。魯肅辦完喪事返回曲阿，想要往北方去。正巧周瑜已經把魯肅的母親遷到吳郡，魯肅就把這些情況全都告訴了周瑜。當時孫策已經去世，孫權還住在吳郡，周瑜對魯肅說：「過去馬援回答漢光武皇帝說：『當今世上，不衹君主選擇臣子，臣子也選擇君主。』現在我的主人親近賢良，看重士族，收納奇才，錄用異人，而且我聽到先哲的秘密議論，說承繼天命代替劉氏的人，一定會在東南方興起；推算事態形勢，正符合他的命相氣數，他終究會建成帝業，以配合上天的符兆。這時正是壯士們攀龍附鳳，盡情馳騁，發揮才能的年代。我正在這裏受重用，您不用多考慮劉子揚的話。」魯肅聽了周瑜的話。

周瑜便向孫權推薦魯肅的才能可以輔佐天下大事，應該廣泛尋求他這樣的人才，以建成功業，不能讓他離開。

孫權馬上會見魯肅，和他談話，非常喜歡他。賓客們都退出去時，魯肅也告辭出去，孫權就祇把魯肅一個人拉回來，把坐榻合在一塊兒對坐飲酒，就勢悄悄地和魯肅商議說：「現在漢朝皇室面臨傾覆的危險，四方紛紛起兵混戰，我繼承了父兄留下的事業，想要成就齊桓公、晉文公那樣的功業，您既然來照顧我，用什麼辦法幫助我呢？」魯肅回答說：「過去高祖皇帝誠心誠意地要尊崇義帝卻沒能達到目的，是因爲有項羽的危害。現在的曹操，和過去的項羽一樣，將軍有什麼機會能成爲齊桓公、晉文公呢？我私下預料，漢朝不可能復興，曹操也不可能被很快除掉。替將軍謀劃，祇有占據江東地區形成鼎立的形勢，憑借它觀看天下的爭鬥。建立這樣規模的基業，也不會使自己招致嫌疑。爲什麼呢？因爲北方實在是事務繁多。趁着曹操事務繁多的時機，去剷滅黃祖，進攻劉表，一直到長江的盡頭，把它們都占據下來，然後稱帝稱王，去圖謀統一天下，這就是像高祖皇帝一樣的大事業了。」孫權

說：「現在盡力占有一方土地，祇希望用來輔佐漢朝罷了，您的這些話還不是我能想到的。」張昭看不上魯肅不注意謙虛恭敬這一點，對他大加詆毀，說他年輕粗疏，不可以任用。孫權不把張昭的話放在心上，對魯肅更加器重，賜給魯肅母親衣服幃帳，居住用的各種雜物，使他的富有可以和過去相比。

【原文】劉表死，肅進說曰：「夫荆楚與國鄰接，水流順北，外帶江漢，內阻山陵，有金城之固，沃野萬里，士民殷富，若據而有之，此帝王之資也[1]。今表新亡，二子素不輯睦，軍中諸將，各有彼此。加劉備天下梟雄，與操有隙，寄寓于表，表惡其能而不能用也。若備與彼協心，上下齊同，則宜撫安，與結盟好；如有離違[2]，宜別圖之，以濟大事。肅請得奉命弔表二子，並慰勞其軍中用事者，及說備使撫表衆，同心一意，共治曹操，備必喜而從命。如其克諧[3]，天下可定也。今不速往，恐爲操所先。」

權即遣肅行。到夏口，聞曹公已向荆州，晨夜兼道。比至南郡，而表子琮已降曹公，備惶遽奔走，欲南渡江。肅徑迎之，到當陽長阪，與備

會，宣騰權旨，及陳江東強固，勸備與權併力。備甚歡悅。時諸葛亮與備相隨，肅謂亮曰「我子瑜友也」，即共定交。備遂到夏口，遣亮使權，肅亦反命④。

注釋

①帝王之資：成就霸業的資本，資源。②離違：各懷異心，不能團結。③克諧：能够成功。④反命：回來彙報情況。

譯文

劉表死了，魯肅進言說：「荆楚地區和我們的國土相鄰，水流順着流向北方，外面有長江、漢水的圍繞，內部有山陵險阻，有銅牆鐵壁的堅固城池，上萬里肥沃的田野，人民富裕殷實，如果占有這個地方，它就是成爲帝王的資本。現在劉表剛去世，他的兩個兒子一向不和睦，軍隊裏的各個將領，各自偏向一方。加上劉備是天下的梟雄人物，和曹操有仇，寄住在劉表那裏，劉表厭惡劉備的才能，不能使用他。如果劉備和荆州人同心協力，上下一致，就應該安撫他們，和他們結爲友好同盟；如果他們之間不和，互相分離，就應該另想辦法謀取荆州，以達到大事成功。我請求能奉命去向劉表的兩個兒子吊唁，並且慰勞他們軍隊中掌權的人，以及勸說劉備，讓他安撫劉表的部隊，一心一意共同對付曹操。劉備一定會高興，而且聽從我們的命令。如果這些能辦成功，天下就可以平定了。現在不盡快去，恐怕會被曹操搶先。」

孫權就派魯肅出行。他到達夏口，聽說曹操已經向荆州進攻，就日夜兼程。快到南郡時，劉表的兒子劉琮已經投降了曹操，劉備驚慌地急忙出逃，想向南渡過長江。魯肅一直迎上去，到了當陽的長阪，和劉備會面，宣講了孫權的意圖，又陳述了江東堅固實力強大的情況，勸說劉備和孫權全力合作。劉備非常歡悅。當時諸葛亮跟隨劉備，魯肅對諸葛亮說：「我是諸葛子瑜的朋友。」他們當即定交。劉備就到了夏口，派諸葛亮出使到孫權那裏去，魯肅也回去復命。

原文

會權得曹公欲東之問，與諸將議，皆勸權迎之，而肅獨不言。權起更衣，肅追于宇下，權知其意，執肅手曰：「卿欲何言？」肅對曰：「向察衆人之議，專欲誤將軍，不足與圖大事。今肅可迎操耳，如將軍，不可也。何以言之？今肅迎操，操當以肅還付鄉黨，品其名位，猶不失下曹從事，乘犢車，從吏卒，交游士林，累官故不失州郡也①。將軍迎操，

魯子敬力排衆議

獲悉曹操欲東進，東吳羣臣説曹操兵多勢衆，主張迎曹操，魯肅則認爲勿需向曹操稱臣，力排衆議，説服孫權與劉備結盟，一同抗曹，並始終維護孫劉聯盟。

欲安所歸②？願早定大計，莫用衆人之議也。」權嘆息曰：「此諸人持議，甚失孤望；今卿廓開大計③，正與孤同，此天以卿賜我也。」

時周瑜受使至鄱陽，肅勸追召瑜還。遂任瑜以行事，以肅爲贊軍校尉，助畫方略④。曹公破走，肅即先還，權大請諸將迎肅。肅將入閤拜，權起禮之，因謂曰：「子敬，孤持鞍下馬相迎，足以顯卿未？」肅趨進曰：「未也。」衆人聞之，無不愕然。就坐，徐舉鞭言曰：「願至尊威德加乎四海，總括九州，克成帝業，更以安車軟輪徵肅，始當顯耳。」權撫掌歡笑。

注釋　①累官：論功賞官職。②安：哪裏。③廓開：説明白，闡釋清楚。④畫：通「劃」，策劃。

譯文　正遇上孫權得到曹操想向東進攻的音訊，和各位將領商議，他們全都勸孫權去迎接曹操，而衹有魯肅不説話。孫權起身去廁所，魯肅追到外面屋檐下，孫權知道他的意思，拉住他的手説：「你想説什麼？」魯肅對孫權説：「我剛才考察了大家的議論，衹是想要耽誤將軍，不足以和他們共商大計。現在衹是我可以迎接曹操罷了，像將軍您，就不可以了。爲什麼這樣説呢？現在我去迎接曹操，曹操會把我送回鄉里，品評我的名位，還不失爲官府的掾曹從事一類小官吏，可以乘坐牛車，帶着屬吏士兵，和士人們交往游玩，逐漸升遷，還可能做到州、郡一級的官員。將軍您去迎接曹操，能在哪裏尋求到安全呢？希望您早日確定大計，不要采納大家的議論。」孫權嘆息道：「這些人所持的意見，太讓我失望了；現在你説明的重大謀略，正和我想的相同，這是上天把你賜給我的啊！」

當時周瑜接受使命到鄱陽去了，魯肅勸孫權派人去追周瑜回來。孫權就任命周瑜主持軍事，任命魯肅做贊軍校尉，協助謀劃方略。曹操被打敗退走後，魯肅就先回來了，孫權大規模地約請各個將領來迎接魯肅。魯肅要進入閣內拜見孫權，孫權站起身來和他行禮，接着對他說：「子敬，我扶着馬鞍下馬來迎接你，這是不是足以讓你尊顯了呢？」魯肅小步急速走向前去說：「還沒有。」衆人聽到後，沒有一個不感到驚愕。魯肅坐下後，慢慢地舉起馬鞭來說道：「希望最尊貴的您能讓威武和德行降臨四海，統一九州，成就帝業，那時再用軟輪子的車來徵召我，這才是使我顯貴了。」孫權拍手大笑。

《漢晉春秋》曰：呂範勸留備，肅曰：「不可。自爲樹黨，計之上也。」權即從之。

原文

後備詣京見權，求都督荆州，惟肅勸權借之，共拒曹公。曹公聞權以土地業備①，方作書，落筆于地。

周瑜病困，上疏曰：「當今天下，方有事役②，是瑜乃心夙夜所憂③，願至尊先慮未然，然後康樂。今既與曹操爲敵，劉備近在公安，邊境密邇④，百姓未附，宜得良將以鎮撫之。魯肅智略足任⑤，乞以代瑜。瑜隕踣之日⑥，所懷盡矣。」即拜肅奮武校尉，代瑜領兵。瑜士衆四千餘人，奉邑四縣，皆屬焉。令程普領南郡太守。肅初住江陵，後下屯陸口，威恩大行，衆增萬餘人，拜漢昌太守、偏將軍。十九年，從權破皖城，轉横江將軍。

注釋

①以土地業備：用土地資助劉備，當作動詞用，使有事業。②事役：指戰役。③夙夜：早上和晚上。④密邇：靠得非常近。⑤智略足任：智謀策略能够勝任。⑥隕踣：死亡。隕，死。踣，撲倒。

譯文

以後劉備到吳國京城來見孫權，請求讓他都督荆州，衹有魯肅一人勸孫權把荆州借給劉備，共同抵抗曹操。曹操聽説孫權把土地給劉備做基業，當時他正在寫信，驚嚇得筆從手中脫落，掉到地上。

周瑜病重，上疏說：「當今的天下，正有戰事，這就是我日夜擔憂的，希望最尊貴的您先對還沒有出現的災難加以考慮，然後再享受康樂。現在既然與曹操爲敵，劉備又近在公安，邊境緊緊相接，百姓又沒有徹底依附，應該找到良將來鎮守安撫這個地方。魯肅的智謀和才略足以勝任，請任用他代替我。我喪命的時候，就沒有所惦念的事情了。」孫權立即任命魯肅爲奮武校尉，代替周瑜統領軍隊。周瑜的部衆四千多人，以及歸周瑜使用賦稅的四個縣，全都歸屬魯肅。孫權命令程普兼任南郡太守。魯肅最初住在江陵，以後到下游的陸口駐守，他恩威並施，軍隊也很快增加了一萬多人，被任命做漢

《吳書》曰：肅爲人方嚴，思度弘遠，有過人之明。周瑜之後，肅爲之冠。

昌太守、偏將軍。建安十九年（公元二一四年），他隨從孫權攻克皖城，改任橫江將軍。

原文

先是，益州牧劉璋綱維頽弛①，周瑜、甘寧並勸權取蜀，權以咨備，備內欲自規②，乃僞報曰：「備與璋托爲宗室，冀憑英靈③，以匡漢朝。今璋得罪左右④，備獨竦懼⑤，非所敢聞，願加寬貸。若不獲請，備當放髮歸于山林⑥。」後備西圖璋，留關羽守，權曰：「猾虜乃敢挾詐！」及羽與肅鄰界，數生狐疑，疆埸紛錯，肅常以歡好撫之。備既定益州，權求長沙、零、桂，備不承旨，權遣呂蒙率衆進取。備聞，自還公安，遣羽爭三郡。肅住益陽，與羽相拒。肅邀羽相見，各駐兵馬百步上，但請將軍單刀俱會。肅因責數羽曰：「國家區區本以土地借卿家者，卿家軍敗遠來，無以爲資故也。今已得益州，既無奉還之意，但求三郡，又不從命。」語未究竟，坐有一人曰：「夫土地者，惟德所在耳，何常之有！」肅厲聲呵之，辭色甚切。羽操刀起謂曰：「此自國家事，是人何知！」目使之去。

備遂割湘水爲界，于是罷軍。

肅年四十六，建安二十二年卒。權爲舉哀，又臨其葬。諸葛亮亦爲發哀。權稱尊號，臨壇，顧謂公卿曰：「昔魯子敬嘗道此，可謂明于事勢矣。」

肅遺腹子淑既壯，濡須督張承謂終當到至。永安中，爲昭武將軍、都亭侯、武昌督。建衡中，假節，遷夏口督。所在嚴整，有方幹。鳳皇三年卒。子睦襲爵，領兵馬。

注釋

①綱維：國家的法律和法紀。頽弛：鬆弛，廢弛。②自規：自己規劃。規，規劃。③英靈：指代漢朝皇帝祖先的英靈。④左右：是一種敬稱，古代的書信中用來稱呼對方，這裏指孫權。⑤竦懼：驚恐害怕的樣子。⑥放髮：散髮。歸于山林：辭掉官職隱居。

譯文

在此之前，益州牧劉璋的法紀典章鬆弛敗壞。周瑜、甘寧都勸說孫權去奪取蜀郡。孫權就此事徵詢劉備意見，劉備心中想要給自己謀取蜀地，就回信說謊：「我和劉璋被列在漢朝宗室之中，希望能憑借祖先英靈來匡扶漢朝。現在劉璋得罪了您，我非常驚慌害怕，這件事我不敢參與意見，希望您能對劉璋加以寬恕。如果我的請求不能獲准，我就要歸隱到山林中去。」以後劉備向西去謀取劉璋的土地，留下關羽守荊州。孫權說：「狡猾的賊人竟敢欺騙我！」在關羽和魯肅轄界相鄰時，多次產生猜疑，疆埸交錯，魯肅都是用友好的態度安撫關羽。劉備平定益州後，孫權要求歸還長沙、零陵、桂陽三郡，劉備不同意交還，孫權派呂蒙率軍隊去攻取。劉備聽到消息後，自己回到公安，派關羽去爭奪這三個郡。魯肅駐守益陽，和關羽相對峙。魯肅邀請關羽會見，各自把人馬停留在一百步以外，衹有將軍們帶着自己的一把刀共同來會面。魯肅就趁勢責備關羽說：「原來我們國家的君主誠心誠意地把土地借給你們，是因爲你們軍隊打了敗仗，從遠方來到，沒有可以憑借的土地。現在你們已經得了益州，既然沒有把土地奉還的意思，我們衹要回三個郡，你們又不答應。」話還沒有說完，有一個在座的人說：「土地這個東西，衹屬于有德的人而已，哪裏有長久歸屬一個人的！」魯肅聲色俱厲地呵斥他。關羽握着刀起身對他說：「這是國家大事，這個人懂得什麼！」又用眼色示意這個人離開。劉備以湘水爲界分割土地交給東吳，于是兩國停止了戰爭。

魯肅四十六歲時，建安二十二年（公元二一七年）去世，孫權爲他舉哀，又親自參加葬禮。諸葛亮也爲魯肅舉行了哀悼儀式。孫權稱皇帝時，在要登上祭壇前，回顧公卿大臣們說：「過去魯子敬曾經說過有這一天，他可以說是透徹地了解天下形勢的了。」

魯肅的遺腹子魯淑長大以後，濡須督張承對他說，總還是應該到濡須軍中來。永安年間，魯淑任昭武將軍、都亭侯、武昌督。建衡年間，授予他符節，升任夏口督。魯淑任職的軍隊都被他治理得嚴肅整齊，他很有方略才幹。魯淑在鳳皇三年（公元二七四年）去世。他的兒子魯睦繼承了爵位，統領他的兵馬。

原文

呂蒙字子明，汝南富陂人也①。少南渡，依姊夫鄧當。當爲孫策將，數討山越②。蒙年十五六，竊隨當擊賊，當顧見大驚③，呵叱不能禁止。歸以告蒙母，母恚欲罰之④，蒙曰：「貧賤難可居，脫誤有功⑤，富貴可致。且不探虎穴，安得虎子？」母哀而捨之。時當職吏以蒙年小輕之，曰：「彼豎子何能爲⑥？此欲以肉餧虎耳。」他日與蒙會，又蚩辱之。蒙大怒，引刀殺吏，出走，逃邑子鄭長家。出因校尉袁雄自首，承間爲言，策

呂蒙

呂蒙，字子明，三國時東吳名將。以膽氣稱。在軍旅之時，亦發憤讀書，深爲孫權、魯肅所倚賴。後設計襲取荆州，擊敗蜀漢名將關羽。

召見奇之，引置左右。數歲，鄧當死，張昭薦蒙代當，拜別部司馬。權統事，料諸小將兵少而用薄者，欲併合之。蒙陰賒貰，爲兵作絳衣行縢，及簡日，陳列赫然，兵人練習，權見之大悅，增其兵。從討丹楊，所向有功，拜平北都尉，領廣德長。

注釋

①汝南：郡名，治所在上蔡縣，現在在河南省上蔡縣西南。富陂：縣名，在安徽省阜陽縣西南方向。②數：好多次，屢次。③顧見：回頭看見。顧，回頭看。④恚：非常憤怒。⑤脱誤：當時的口語，假如的意思。⑥豎子：對別人的蔑稱。

譯文

呂蒙，字子明，汝南富陂人。少年時南渡長江，去投靠姊夫鄧當。鄧當是孫策的部將，多次去討伐山越，呂蒙十五六歲時，偷偷地跟着鄧當去打敵人，鄧當發現後大吃一驚，呵斥他也無法禁止他前往。鄧當回來後，把這件事告訴呂蒙母親，呂蒙母親發怒了，要責罰呂蒙。呂蒙說：「貧賤的日子太難過了，如果僥幸有了功勞，可以得到富貴。而且不深入虎穴中，怎麼能得到小老虎呢？」母親哀憐他，便饒過他。當時鄧當部下的軍吏因爲呂蒙年紀小輕視他，說：「那個小孩子能幹什麼？這祇是想拿肉去喂老虎罷了。」有一天，這個軍吏和呂蒙遇上了，又嘲笑呂蒙，侮辱他。呂蒙大怒，拔刀殺了這個軍吏，逃出去，跑到同鄉人鄭長的家裏。後來出面通過校尉袁雄自首，承蒙袁雄在中間替他說話，孫策召見他，認爲他是個奇才，就提拔他，安排在自己身邊。

幾年後，鄧當死了，張昭推薦呂蒙代替鄧當，任命他任別部司馬。孫權統領政務，檢查各個兵力較少、作用不大的低級將領的部隊，想把他們合併起來。呂蒙暗地裏賒購了物資，給士兵們製作了紅色的軍衣和綁腿。到選拔的日子，呂蒙的軍隊陣容非常醒目，士兵們操練得很熟練。孫權見了後非常高興，給呂蒙增加了士兵。呂蒙跟隨孫權討伐丹楊，所到之處都立下功勞，被拜爲平北都尉，兼任廣德縣長。

原文

從征黃祖，祖令都督陳就逆以水軍出戰。蒙勒前鋒，親梟就首，將士乘勝，進攻其城。祖聞就死，委城走，兵追禽之。權曰：「事之克，由陳就先獲也。」以蒙爲橫野中郎將，賜錢千萬。

是歲，又與周瑜、程普等西破曹公于烏林，圍曹仁于南郡。益州將襲肅舉軍來附①，瑜表以肅兵益蒙②，蒙盛稱肅有膽用③，且慕化遠來④，于義宜益不宜奪也。權善其言⑤，還肅兵。瑜使甘寧前據夷陵，曹仁分衆攻寧，寧困急，使使請救⑥。諸將以兵少不足分，蒙謂瑜、普曰：「留凌公績，蒙與君行，解圍釋急，勢亦不久，蒙保公績能十日守也。」又說瑜分遣三百人柴斷險道，賊走可得其馬。瑜從之。軍到夷陵，即日交戰，所殺過半。敵夜遁去，行遇柴道，騎皆捨馬步走。兵追蹙擊，獲馬三百匹，方船載還。于是將士形勢自倍，乃渡江立屯，與相攻擊，曹仁退走，遂據南郡，撫定荆州。還，拜偏將軍，領尋陽令。

魯肅代周瑜，當之陸口，過蒙屯下。肅意尚輕蒙，或說肅曰：「呂將軍功名日顯，不可以故意待也⑦，君宜顧之⑧。」遂往詣蒙。酒酣⑨，蒙問肅曰：「君受重任，與關羽爲鄰，將何計略，以備不虞？⑩」肅造次應曰：「臨時施宜。」蒙曰：「今東西雖爲一家，而關羽實熊虎也，計安可不豫定？」因爲肅畫五策。肅于是越席就之，拊其背曰：「呂子明，吾不知卿才略所及乃至于此也。」遂拜蒙母，結友而別。

注釋

①舉軍：全部的軍隊。來附：前來歸附。②益：增加。③膽用：膽識和才幹。④慕化：仰慕教化。⑤善：現在當動詞用，指非常好，這裏有表示贊同的意思。⑥使使：第一個「使」是動詞，是派遣的意思，第二個「使」是名詞，這裏指的是使者。⑦故意：原來是指老朋友的意思，這裏是指老的眼光，老的看法。⑧顧：拜訪。⑨酒酣：喝酒喝到高興的時候。⑩以備不虞：以防不測。

譯文

呂蒙跟着孫權征討黃祖，黃祖命令都督陳就用水軍出戰迎擊。呂蒙率領前鋒軍隊，親自砍下了陳就的首級，將士們乘勝進攻，攻打黃祖的守城。黃祖聽說陳就死了，放棄城市逃跑，吳軍士兵追上去擒獲了他。孫權說：「這次戰事能勝利，由于首先獲得了陳就。」任命呂蒙爲橫野中郎將，賜給他一千萬錢。

這一年，他又和周瑜、程普等人向西進攻，在烏林打敗了曹操，在南郡包圍了曹仁，益州的將軍襲肅領全軍來投奔，周瑜上表章請求用襲肅的軍隊擴充呂蒙的部下。呂蒙極力稱贊襲肅有膽識，有能力，而且傾慕吳國的教化，從遠方來歸附，從道理上講應該增加他的兵力，不應該奪走他的兵權。孫權認爲呂蒙的話很對，還給襲肅他的士兵。周瑜派甘寧前去占據夷陵，曹仁分出一支軍隊來攻打甘寧，甘寧形勢危急，派使者來求援。將領們都認爲兵力少，不夠分開使用。呂蒙對周瑜、程普說：「留下凌公績，我和您出兵，解救包圍，除去危急，看情況也不會太久，我保證凌公績能守上十天。」又勸說周瑜分派出三百人用木柴截斷險道，敵人逃走時可以得到他們的馬。周瑜依從了他。軍隊到達夷陵，當天交戰，殺死的敵人超過半數。敵人連夜逃走，行軍時遇上柴木堵塞的道路，騎兵全都扔下馬步行逃走。吳軍追上去堵擊，獲得三百匹馬，用方船載運回來。于是吳軍將士的優勢自然倍增，便渡過長江，建立軍營，向曹軍攻擊，曹仁退走，吳軍就占據了南郡，安撫平定荆州。回來後，任命呂蒙任偏將軍，兼任尋陽令。

魯肅代替周瑜，要到陸口去，從呂蒙駐扎的地方經過。魯肅的心裏還很輕視呂蒙。有的人勸魯肅說：「呂將軍的功績和名聲都日益顯赫，不能用老眼光去看待他，您應該去看望他。」魯肅就去見呂蒙。呂蒙問魯肅說：「您接受了重任，與關羽相鄰接，準備用什麼謀略去防備意外情況發生呢？」魯肅倉促中隨意答道：「臨時采取合適的方法吧。」呂蒙說：「現在東吳西蜀雖然成了一家，但關羽實際上是熊虎一樣的人物，怎麼能不預先確定計策呢？」接着給魯肅謀劃了五種計策。魯肅于是從座席上走過去湊近呂蒙，拍着他的背說：「呂子明，我想不到你的才略竟然達到了這種程度。」便拜見了呂蒙的母親，和呂蒙結成朋友後才告別。

【原文】時蒙與成當、宋定、徐顧屯次比近①，三將死，子弟幼弱，權悉以兵併蒙②。蒙固辭，陳啓顧等皆勤勞國事，子弟雖小，不可廢也。書三上，權乃聽。蒙于是又爲擇師，使輔導之，其操心率如此。魏使廬江謝奇爲蘄春典農③，屯皖田鄉，數爲邊寇。蒙使人誘之，不從，則伺隙襲擊，奇遂縮退，其部伍孫子才、宋豪等④，皆攜負老弱，詣蒙降。後從權拒曹公于濡須，數進奇計，又勸權夾水口立塢⑤，所以備禦甚精⑥，曹公不能下而退。

曹公遣朱光爲廬江太守，屯皖，大開稻田，又令間人招誘鄱陽賊帥，使作內應。蒙曰：「皖田肥美，若一收孰，彼衆必增，如是數歲，操態見矣，宜早除之。」乃具陳其狀。于是權親征皖，引見諸將，問以計策。蒙乃薦甘寧爲升城督，督攻在前，蒙以精鋭繼之。侵晨進攻，蒙手執枹鼓，

士卒皆騰踴自升，食時破之。既而張遼至夾石，聞城已拔，乃退。權嘉其功，即拜廬江太守，所得人馬皆分與之，別賜尋陽屯田六百人，官屬三十人。蒙還尋陽，未期而廬陵賊起，諸將討擊不能禽，權曰：「鷙鳥累百，不如一鶚。」復令蒙討之。蒙至，誅其首惡，餘皆釋放，復爲平民。

【注釋】①屯次：軍隊駐扎的地方。比近：靠近。②以兵併蒙：把三將的兵力合併到呂蒙的部下。③典農：官名，曹操設置了典農中郎將、典農校尉和典農督尉，管理農田屯墾的事情。④部伍：這裏指隊伍、部屬和將士。⑤塢：船塢，在水邊建造的用來停船和建造船隻的地方。⑥備禦：防備抵禦。

【譯文】當時呂蒙和成當、宋定、徐顧駐扎的地方接近，這三個將領死後，他們的子弟年紀幼小，孫權就把他們的士兵全合併到呂蒙部下。呂蒙堅決推辭，上奏陳述徐顧等人全都爲國家大事勤勞效力，他們的子弟雖然年幼，但不可以廢黜他們。書信送上去三次，孫權才答應。呂蒙于是又給成當他們的子弟選擇老師，讓教師輔導他們，他爲他們操心大都像這樣。魏國派廬江人謝奇做蘄春典農，駐在皖

城鄉間，多次侵犯吳國邊境。呂蒙派人去誘降，他們不答應，呂蒙就看準空隙襲擊他們，謝奇便退縮回去，他的部下孫子才、宋豪等人，全都扶老攜幼，來見呂蒙投降。後來呂蒙跟隨孫權在濡須抵禦曹操，多次獻上奇計，又勸說孫權在水口兩邊夾岸建立船塢堡壘，所用來準備防禦的器物十分精良，曹操不能攻克濡須塢，就退回去了。

曹操派朱光任廬江太守，駐守皖城，大量開墾稻田，又命令間諜去誘降鄱陽的強盜首領，讓他們做內應。呂蒙說：「皖城田地肥美，如果一有收成，他們的人馬必定增多，像這樣過幾年，曹操的優勢就出現了，應該盡早去除掉他們。」就把這些情況全部向孫權陳述了。于是孫權親自征討皖城，召見各位將領，問他們有什麼計策。呂蒙就推薦甘寧爲升城督，統領軍隊在前面進攻，呂蒙用精鋭軍隊接續在後面。凌晨時進攻，呂蒙手執鼓槌擊鼓，士兵們全都踴躍登上城去，吃早飯時就把城攻破了。不久張遼到了夾石，聽說城已經被占領了，就退回去。孫權嘉奬呂蒙的功勞，當即拜請他任廬江太守。所得的人馬全部分給他，另外賜給他尋陽的屯田士兵六百人，屬官三十人。呂蒙回到尋陽，不到一年就有廬陵的強盜造反，各將去攻打都不能擒獲。孫權說：「鷙鳥幾百隻，不如一隻大鶚。」又命令呂蒙去攻打他們。呂蒙到了廬陵，誅殺了強盜中爲首的惡徒，其餘的全部釋放，重新做了平民。

原文 是時劉備令關羽鎮守，專有荆土，權命蒙西取長沙、零、桂三郡。蒙移書二郡，望風歸服，惟零陵太守郝普城守不降。而備自蜀親至公安，遣羽爭三郡。權時住陸口，使魯肅將萬人屯益陽拒羽，而飛書召蒙，使捨零陵，急還助肅。初，蒙既定長沙，當之零陵，過酃，載南陽鄧玄之，玄之者郝普之舊也，欲令誘普①。及被書當還，蒙秘之，夜召諸將，授以方略②，晨當攻城，顧謂玄之曰：「郝子太聞世間有忠義事③，亦欲爲之，而不知時也。左將軍在漢中④，爲夏侯淵所圍。關羽在南郡，今至尊身自臨之。近者破樊本屯，救酃，逆爲孫規所破。此皆目前之事，君所親見也。彼方首尾倒懸⑤，救死不給，豈有餘力復營此哉？今吾士卒精鋭，人思致命⑥，至尊遣兵，相繼于道。今子太以旦夕之命，待不可望之救，猶牛蹄中魚，冀賴江漢，其不可恃亦明矣。若子太必能一士卒之心，保孤城之守，尙能稽延旦夕，以待所歸者，可也。今吾計力度慮，而以攻此，曾不移日，而城必破，城破之後，身死何益于事，而令百歲老母，戴白受誅，豈不痛哉？度此家不得外問，謂援可恃，故至于此耳。君可見之，爲陳禍福。」

玄之見普，具宣蒙意，普懼而聽之。玄之先出報蒙，普尋後當至。蒙豫敕四將，各選百人，普出，便入守城門。須臾普出，蒙迎執其手，與俱下船。語畢，出書示之，因拊手大笑。普見書，知備在公安，而羽在益陽，慚恨入地。蒙留孫皎，委以後事，即日引軍赴益陽。劉備請盟，權乃歸普等，割湘水，以零陵還之。以尋陽、陽新爲蒙奉邑。

注釋

①舊：老朋友，老相識。②方略：計謀，策略。③郝子太：人名，郝普，字子太。④左將軍：指劉備。漢中：郡名，指所在的南鄭縣。⑤首尾倒懸：用來比喻處境非常危險。⑥致命：獻出生命。

譯文

當時劉備命令關羽鎮守，獨占了荊州土地。孫權命令呂蒙向西去奪取長沙、零陵、桂陽三

郡。呂蒙給長沙等兩個郡送去文書，他們都望風而降，衹有零陵太守郝普守住城不肯投降。而劉備從蜀中親自來到公安，派關羽去爭奪這三個郡。孫權當時住在陸口，派魯肅率領一萬人駐守益陽抵擋關羽，而且用快信去召喚呂蒙，讓他放棄零陵，趕快回來幫助魯肅。當時，呂蒙平定長沙以後，應當到零陵去，經過酃縣，用車帶上了南陽人鄧玄之，鄧玄之這個人是郝普的老朋友，呂蒙想讓他去誘降郝普。到了接到孫權的信應當回去時，呂蒙把信藏起來，連夜召來各位將軍，向他們傳授方略，早晨就要攻城，呂蒙又看着鄧玄之說：「郝子太聽說世間有忠義這件事，也想要做忠義的事，但卻不知道時勢。左將軍劉備在漢中被夏侯淵所包圍。關羽在南郡，現在尊貴的吳主親自到那裏去討伐。近來關羽攻克了樊城駐軍的大本營，去救援酃縣，反而被孫規迎擊打敗了，這全是眼前的事情，是您親眼見到的。他們那一方正被首尾顛倒懸在空中，救命都顧不上，怎麼能有多餘的力量再來營救這裏呢？現在我們的士兵精銳無比，人人想爲國拼命，尊貴的吳主派兵來，軍隊在路上接連不斷。現在郝子太命在旦夕，還等待着沒有希望的救援，就好像牛蹄穀中裝的魚還希望依賴江水一樣，那種形勢是不能倚仗的，這已經很明顯了。如果郝子太能讓士兵們一心一意，防守住這座孤城，那還能拖延時間，來等待

他所歸附的人，這也可以。現在我計算了兵力，謀劃了方法，用來攻打這裏，用不了一天，城就一定被攻破，城被攻破後，他自己死了，對事情有什麼補益呢？卻讓百歲老母滿頭白髮時還被誅殺，難道不痛心嗎？我估計這個人得不到外界的消息，認爲援兵可以依恃，所以到了這種地步。您可以去見他，給他分析一下禍福利害。」

鄧玄之見了郝普，把呂蒙的意思全都轉告給他。郝普害怕了，就答應投降。鄧玄之先出城來報告呂蒙，說郝普在後面一會兒就到。呂蒙預先命令四個部將，各自挑選一百名士兵，郝普一出來，就進城守住城門。不一會兒郝普出城，呂蒙迎上去拉住他的手，和他一起登上船。兩個人說完話，呂蒙拿出孫權的信給郝普看，接着拍手大笑。郝普看了書信，知道了劉備在公安，而關羽在益陽，又羞愧又後悔，恨不得鑽進地裏去。呂蒙留下孫皎守城，把以後的事務交付給他，當天就領着軍隊奔赴益陽。劉備請求結盟，孫權就歸還了郝普等人，用湘水分割疆界，把零陵還給劉備。把尋陽、陽新的賦稅供給呂蒙使用。

原文

師還，遂征合肥，既徹兵①，爲張遼等所襲，蒙與淩統以死捍衛。

後曹公又大出濡須，權以蒙爲督，據前所立塢，置強弩萬張于其上，以拒曹公。曹公前鋒屯未就②，蒙攻破之，曹公引退。拜蒙左護軍、虎威將軍。

魯肅卒，蒙西屯陸口，肅軍人馬萬餘盡以屬蒙。又拜漢昌太守，食下雋、劉陽、漢昌、州陵。與關羽分土接境，知羽驍雄③，有并兼心，且居國上流，其勢難久。初，魯肅等以爲曹公尚存，禍難始構，宜相輔協，與之同仇④，不可失也，蒙乃密陳計策曰：「令征虜守南郡，潘璋住白帝，蔣欽將游兵萬人，循江上下，應敵所在，蒙爲國家前據襄陽，如此，何憂于操，何賴于羽？且羽君臣，矜其詐力⑤，所在反覆，不可以腹心待也。今羽所以未便東向者，以至尊聖明，蒙等尚存也。今不于強壯時圖之，一旦僵仆⑥，欲復陳力，其可得邪？」權深納其策，又聊復與論取徐州意，蒙對曰：「今操遠在河北，新破諸袁，撫集幽、冀，未暇東顧。徐土守兵，聞不足言，往自可克。然地勢陸通，驍騎所騁，至尊今日得徐州，操後旬必來爭，雖以七八萬人守之，猶當懷憂。不如取羽，全據長江，形勢益張。」權尤以此言爲當。及蒙代肅，初至陸口，外倍修恩厚，與羽結好。

注釋 ①既：已經。②屯：駐扎軍隊。③驍雄：勇猛的雄傑。④同仇：同心協力，對付敵人。⑤矜：自己誇獎自己，自負。⑥僵仆：死亡。

譯文 吳軍回去後，就去征伐合肥，在撤兵的時候被張遼等人所襲擊，呂蒙和凌統拼死捍衛。以後曹操又大舉出擊濡須，孫權任命呂蒙爲都督，占據以前所建立的船塢，在上面設置了一萬張強弩，來抵擋曹操。曹操的前鋒部隊還沒有築好營壘，呂蒙就把他們打敗，曹操領兵退回。孫權拜請呂蒙任左護軍、虎威將軍。

魯肅去世，呂蒙到西方去駐守陸口，魯肅軍隊的一萬多人馬全部歸屬呂蒙，又任命他爲漢昌太守，用下雋、劉陽、漢昌、州陵等縣做他的食邑。呂蒙和關羽分占荊州土地，境界鄰接，他知道關羽是驍勇的英雄，有兼併的心思，而且位居吳國的上游地區，目前的合作形勢難以持久。當初，魯肅等人認爲曹操還存在，危險和災禍剛剛形成，應該互相輔助協作，和蜀漢同仇敵愾，不能失去劉備這個同盟。

呂蒙秘密地提出他的計策，說：「命令征虜將軍孫皎守衛南郡，潘璋駐守白帝城，蔣欽率領上萬名流動部隊，沿江上下，接應敵人來進攻的地方，我爲國家到前方去占領襄陽，這樣的話，曹操還有什麼可擔憂的，關羽還有什麼可依賴的呢？而且關羽君臣，在所到之處都反復無常，不能把他們當成心腹看待。現在關羽所以不便向東進攻的原因，是由于尊貴的君主聖明，我們這些人還在。現在不趁我們強壯時去圖謀戰勝他，一旦我們僵死倒下，想要再付諸武力，還能辦得到嗎？」孫權非常贊同他的計策，又順便和他再談論一下奪取徐州的想法。呂蒙回答說：「現在曹操在黃河以北，剛打敗了袁氏，在安撫和招集幽冀地區的百姓，沒有時間顧上東方。徐州地區的守軍，我聽說是不值得一提，去進攻自然可以攻克。然而那裏的地勢有陸路相通，可以讓驍勇的騎兵馳騁。尊貴的君主今天取得徐州，十幾天後曹操就一定來爭奪，即使用七八萬人去守衛它，也還會讓人擔憂。不如去攻取關羽的土地，把長江全部占領，我們的形勢就會更加有利。」孫權認爲這些話說得尤爲適宜。到了呂蒙代替魯肅時，他剛到陸口，就對外加倍施行厚恩，與關羽結成友好關係。

原文 後羽討樊①，留兵將備公安、南郡。蒙上疏曰：「羽討樊而多留

關羽遇害

備兵，必恐蒙圖其後故也。蒙常有病，乞分士衆還建業②，以治疾爲名。羽聞之，必撤備兵，盡赴襄陽。大軍浮江，晝夜馳上，襲其空虛，則南郡可下，而羽可禽也。」遂稱病篤③，權乃露檄召蒙還④，陰與圖計。羽果信之，稍撤兵以赴樊。魏使于禁救樊，羽盡禽禁等，人馬數萬，托以糧乏⑤，擅取湘關米。權聞之，遂行，先遣蒙在前。蒙至尋陽，盡伏其精兵䑶䑵中⑥，使白衣搖櫓，作商賈人服，晝夜兼行，至羽所置江邊屯候，盡收縛之，是故羽不聞知。遂到南郡，士仁、麋芳皆降。

吳錄曰：「權誘之，芳潛相和。及蒙攻之，乃以牛酒出降。」

蒙入據城，盡得羽及將士家屬，皆撫慰，約令軍中不得干歷人家，有所求取。蒙麾下士，是汝南人，取民家一笠，以覆官鎧，官鎧雖公，蒙猶以爲犯軍令，不可以鄉里故而廢法，遂垂涕斬之。于是軍中震栗，道不拾遺。蒙旦暮使親近存恤耆老，問所不足，疾病者給醫藥，飢寒者賜衣糧。羽府藏財寶，皆封閉以待權至。羽還，在道路，數使人與蒙相聞，蒙輒厚遇其使，周游城中，家家致問，或手書示信。羽人還，私相參訊，咸知家門無恙，見待過于平時，故羽吏士無鬥心。會權尋至，羽自知孤窮，乃走麥城，西至漳鄉，衆皆委羽而降。權使朱然、潘璋斷其徑路，即父子俱獲，荆州遂定。

注釋

①樊：樊城，現在在湖北省襄樊縣。②建業：縣名，現在的江蘇省南京市。③病篤：病得很嚴重。④露檄：不加封緘的文書，孫權在這裏用露檄，是故意想泄漏秘密。⑤托：尋找借口。⑥䑶䑵：大型的船隻。

譯文

後來關羽進攻樊城，留下兵將在公安、南郡防備。呂蒙上奏章說：「關羽去討伐樊城而留下大量防備的軍隊，一定是害怕我在他的背後謀取他的緣故。我經常有病，請求分出一些軍隊回建業去，用我去治病的名義。關羽聽到後，一定會把防備的軍隊撤走，全部調往襄陽。我們大軍渡過江去，晝夜急行軍，襲擊他們的空城，這樣南郡就可以攻下，關羽也可以被捉住了。」呂蒙就說他病重，孫權便用公開的文書召呂蒙回來，暗地裏和他商議計劃。關羽果然相信了，撤了一部分軍隊奔赴樊城。魏國派于禁去救樊城，關羽把于禁等人全部捕獲，他有幾萬人馬，借口糧食缺乏，擅自取用了湘關的存糧。孫權聽到這個消息，就出征了，先派呂蒙做前鋒。呂蒙到了尋陽，把精兵全埋伏在大船艙內，讓穿白衣服的士兵搖櫓，他們穿着商人的服裝，晝夜兼程，到了關羽設置在長江岸邊的哨所駐地，就把哨兵全抓起來綁好，因此關羽沒有得知消息，呂蒙便到了南郡，士仁和麋芳都投降了。

呂蒙進城占據了它，把關羽和蜀軍將士的家屬全部俘虜，呂蒙對他們全加以安慰，命令軍中不許去侵犯居民，不許索取百姓的物品。呂蒙部下的一個士兵，是汝南人，拿了百姓家中的一個斗笠，用來覆蓋官府的鎧甲，官府的鎧甲雖然是公物，呂蒙還認爲他違犯了軍令，不能因爲是同鄉的緣故而廢除法令，就流着眼淚殺死了他。于是吳軍軍隊中都感到震驚害怕，東西丟在路上都沒有人拾走。呂蒙從早到晚派出親近的官員去撫恤老年人，問他們缺什麼東西，有患病的人就給予醫藥，有飢餓寒冷的人就賞給他們糧食衣服。關羽府庫中收藏的財寶，全部封存起來等待孫權來了處理。關羽退回來，在路上幾次派人向呂蒙通信，呂蒙都厚待他的使節，讓他在城中到處觀看，每家人都讓他問候親人，有的親筆寫信表示情況屬實。關羽派來的人回去後，關羽的部下都私下打聽情況，全知道了家中沒有出事，受到的待遇比平時還要好，所以關羽軍中的官兵都沒有鬥志。正趕上孫權不久就來到，關羽自知被孤立，走投無路，就逃到麥城，向西到了漳鄉，他的軍隊全脫離他投降了吳國。孫權派朱然、潘璋去截斷他要經過的小路，當即把關羽父子全部捕獲，荊州就平定了。

原文

以蒙爲南郡太守，封孱陵侯，賜錢一億，黃金五百斤。蒙固辭金錢，權不許。封爵未下，會蒙疾發，權時在公安，迎置內殿，所以治護者萬方①，募封內有能愈蒙疾者②，賜千金。時有鍼加，權爲之慘戚③，欲數見其顏色，又恐勞動④，常穿壁瞻之，見小能下食則喜，顧左右言笑，

《江表傳》曰：「權乃增給步騎鼓吹，敕選虎威將軍官屬，并南郡、廬江二郡威儀。」

甘寧

甘寧，字興霸，三國時吳國大將。智勇雙全，仗義疏財。曾隨周瑜在赤壁之戰大獲全勝。後與呂蒙一同爲吳國立下顯赫戰功。深得士卒擁戴，吳主賞識。

不然則咄唶⑤，夜不能寐。病中瘳⑥，爲下赦令，羣臣畢賀。後更增篤，權自臨視，命道士于星辰下爲之請命。年四十二，遂卒于內殿。時權哀痛甚，爲之降損。蒙未死時，所得金寶諸賜盡付府藏，敕主者命絕之日皆上還，喪事務約。權聞之，益以悲感。

蒙少不修書傳，每陳大事，常口占爲箋疏。常以部曲事爲江夏太守蔡遺所白，蒙無恨意。及豫章太守顧邵卒，權問所用，蒙因薦遺奉職佳吏，權笑曰：「君欲爲祁奚邪？」于是用之。甘寧粗暴好殺，既常失蒙意，又時違權令，權怒之，蒙輒陳請：「天下未定，

鬥將如寧難得，宜容忍之。」權遂厚寧，卒得其用。蒙子霸襲爵，與守家三百家，復田五十頃。霸卒，兄琮襲侯。琮卒，弟睦嗣。

注釋　①治護：治療護理。萬方：多種方法。②封內：疆域裏面，這裏指全國範圍。③慘戚：慘痛悲傷。④勞動：勞煩驚動。⑤咄唶：嘆息。⑥瘳：疾病痊愈。

譯文　孫權任命呂蒙做南郡太守，封他爲孱陵侯，賞賜給他一億錢，五百斤黃金。呂蒙堅決推辭掉金錢，孫權不允許。封爵還沒有頒布下來時，呂蒙的病正巧發作。孫權當時在公安，把他迎接到內殿中居住，千方百計地給他治療護理，招募國內能夠治好呂蒙病的人，賞賜一千兩黃金。有時醫生用鍼扎呂蒙，孫權替他傷心難過，孫權想要多看看呂蒙的氣色如何，又怕驚動他讓他疲勞，就經常在牆洞中看他，見呂蒙稍微能吃些食物就高興，看着身邊的人有說有笑，不然的話就唉聲嘆氣，夜晚睡不着覺。呂蒙的病中間有所好轉，孫權爲此公布大赦令，大臣們都來祝賀。後來呂蒙的病再次加重，孫權親自去看望他，命令道士在星辰下爲他祈禱。呂蒙四十二歲時，在內殿中去世。當時孫權非常哀痛，爲呂蒙穿喪服，減少飲食。呂蒙沒有去世時，把所得的金銀珠寶等各種賞賜全部交付府裏的倉庫，命

令管理倉庫的人在他去世之後把賞賜品全部還給君王。孫權聽到這件事，更加悲傷。

呂蒙年青時不學習經傳書籍，每當陳述大事時，經常口述讓人寫成奏章。他曾因爲部曲私兵的事被江夏太守蔡遺上告，但呂蒙沒有怨恨蔡遺的意思。等到豫章太守顧邵去世，孫權問呂蒙該任用誰，呂蒙便趁機推薦蔡遺，說他是稱職的好官。孫權笑着說：「您想要當祁奚嗎？」于是任用了蔡遺。甘寧粗暴，好殺人，既經常不聽呂蒙的意見，還時時違背孫權的命令。孫權對他很惱怒，呂蒙就替他講情，請求道：「天下還沒有平定，像甘寧這樣能戰鬥的將領很難得，應該容忍他。」孫權便厚待甘寧，始終能發揮他的作用。呂蒙的兒子呂霸繼承了爵位，孫權給呂蒙守護墳墓的人家三百戶，免去賦稅的田地五十頃。呂霸去世，他的哥哥呂琮繼承了侯位。呂琮去世，弟弟呂睦繼承。

【原文】孫權與陸遜論周瑜、魯肅及蒙曰：「公瑾雄烈，膽略兼人①，遂破孟德，開拓荆州，邈焉難繼②，君今繼之。公瑾昔要子敬來東③，致達于孤④，孤與宴語，便及大略帝王之業，此一快也。後孟德因獲劉琮之勢，張言方率數十萬衆水步俱下⑤。孤普請諸將，咨問所宜，無適先對⑥，至

子布、文表，俱言宜遣使修檄迎之，子敬即駁言不可，勸孤急呼公瑾，付任以衆，逆而擊之，此二快也。且其決計策意，出張、蘇遠矣；後雖勸吾借玄德地，是其一短，不足以損其二長也。周公不求備于一人，故孤忘其短而貴其長，常以比方鄧禹也。又子明少時，孤謂不辭劇易，果敢有膽而已；及身長大，學問開益，籌略奇至，可以次于公瑾，但言議英發不及之耳。圖取關羽，勝于子敬。子敬答孤書云：『帝王之起，皆有驅除，羽不足忌。』此子敬內不能辦，外爲大言耳，孤亦恕之，不苟責也。然其作軍屯營，不失令行禁止，部界無廢負，路無拾遺，其法亦美也。」

評曰：曹公乘漢相之資，挾天子而掃羣傑，新蕩荆城，仗威東夏，于時議者莫不疑貳。周瑜、魯肅建獨斷之明，出衆人之表，實奇才也。呂蒙勇而有謀，斷識軍計，譎郝普，禽關羽，最其妙者。初雖輕果妄殺，終于克己，有國士之量，豈徒武將而已乎？孫權之論，優劣允當，故載錄焉。

注釋 ①兼人：一個人能趕上兩個人，也就是勝過別人的意思。②邈：遥遠的意思。③要：同「邀」，邀請的意思。④致達：推薦。⑤張言：誇大其詞地說。⑥無適先對：沒有誰先回答。

譯文 孫權和陸遜評論周瑜、魯肅和呂蒙時說：「公瑾英雄剛烈，膽略過人，所以能打敗曹孟德，開拓了荊州地區的領土，他才幹的高超程度很難有人繼承，您現在繼承了他。公瑾過去邀請子敬來東方，把他推薦給我，我和他在宴會上談話時，就談到建立帝王之業的遠大方略，這是第一件讓人痛快的事情。後來曹孟德趁着俘獲劉琮的勢頭，揚言要率領幾十萬名水軍、步兵一齊進攻。我把各位將領全請來，向他們詢問應該采用的對策，沒有一個人先開口回答，問到子布、文表，他們都說應該派使節寫文書去迎接曹孟德。子敬當即駁斥說不可以，勸我火速叫公瑾來，把軍隊和任務交付給他，迎上去攻擊曹孟德。這是第二件讓人痛快的事情。而且子敬決定計策的意圖，遠遠超出張儀、蘇秦。後來雖然他勸說我借給劉玄德土地，是他的一個短處，但不足以損害他的兩個長處啊！周公對一個人不求完備，所以我忘掉他的短處而珍重他的長處，經常把他比作鄧禹。還有子明少年時，我認爲他衹

是不辭艱險，辦事果敢有膽量而已。等到他長大了，學識開闊，大有增益，謀劃的策略十分奇妙，可以說僅次于公瑾，衹是言談中發揮的才華不如公瑾罷了。子明謀取關羽這件事，勝過了子敬。子敬回答我的信中說：『帝王興起時，都要有驅趕走的事物，關羽不值得顧忌。』這是子敬心裏知道不能辦，對外講大話罷了，我也寬恕了他，不輕易責備他。然而他指揮軍隊，築營駐守，不失爲令行禁止，管界內沒有廢棄法令違背軍紀的情況，路不拾遺。他的治理方法也還完善。」

評論說：曹操借着漢朝丞相的資本，挾持天子而掃除各地豪傑，剛蕩平了荊州，倚仗威勢進攻東方，當時議論的人沒有一個不疑惑不定，周瑜、魯肅獨自提出高明的論斷，超出衆人之上，確實是奇才啊！呂蒙勇敢又有計謀，能了解軍中計策，做出決斷，詐騙郝普，擒獲關羽，是他計謀中最高妙的。當初他雖然輕率果斷，隨便殺人，但終于能約束自己，有國士的度量，難道衹是一個武將而已嗎？孫權的評論，優劣恰當公允，所以記錄在這裏。

線裝宣紙精品

書香傳家系列

一、周易評注本
二、道德經評注本
三、莊子評注本
四、鬼谷子
五、孫子兵法評注本
六、三希堂法帖精品集
七、六韜・三略評注本
八、宋詞三百首評注本
九、詩經評注本
十、論語評注本

崇賢善本系列

一、三國誌
二、三十六計
三、茶經 續茶經
四、武經七書
五、紅樓夢
六、山海經

經典復刻，白話精釋，限量珍藏，好禮首選。

9 789865 805678 05800
總經銷：吳氏圖書股份有限公司
Wu's Book Co., LTD.

崇賢善本 壹
三國誌
撰　　者：（晉）陳壽
出 版 者：臺灣崇賢館文創有限公司
地　　址：一一六七〇台北市文山區景文街一號四樓之二
電　　郵：gwotau2004@msn.com
電　　話：（〇二）二九三五一〇一一
總 經 銷：吳氏圖書股份有限公司
地　　址：新北市中和區中正路七八八之一號五樓
電　　話：（〇二）三二三四〇〇三六
傳　　真：（〇二）三二三四〇〇三七
初　　版：二〇一八年二月
售　　價：新台幣五八〇〇圓

國家圖書館出版品預行編目（CIP）資料
三國誌／(晉)陳壽撰 — 初版 — 臺北市：臺灣崇賢館文創，2018.02.
一函五冊；29.5公分＊17.5公分—（崇賢善本；1）ISBN 978-986-5805
-67-8（全套：線裝）一、三國志 二、注釋，622.301，107001694

本書由北京崇賢館世紀傳媒文化有限公司

才有罪刑的差別。以前推行仁政的人，是不忍心肉刑的殘酷的，因此才廢除的。已經有一百多年不用了。現在要是再實行，恐怕減刑的文書還沒有給老百姓看，實行肉刑的消息就傳到敵人的耳朵裏去了，使遠方的人也不會來臣服了。現在可以采納鍾繇想減輕死罪的想法，把死刑變成髡刑、刖刑。如果覺得這樣還輕的話，可以增加服役的年數。對于國内我們就能有用生來換死的恩德，在國外我們就消除了實行肉刑的恐懼了。」

參加議論的有上百人，大家都同意王朗的說法。明帝借口吳國、蜀國還沒有被平定，把這件事給擱下了。

太和四年（公元二三〇年），鍾繇去世。明帝穿着孝服爲他吊喪，封他謚號爲成侯。他的兒子鍾毓繼承爵位。當初，文帝分給鍾毓戶邑，封鍾繇的弟弟鍾演及他的兒子鍾劭、孫子鍾豫爲列侯。

【原文】毓字稚叔。年十四爲散騎侍郎，機捷談笑，有父風。太和初，蜀相諸葛亮圍祁山，明帝欲西征，毓上疏曰：「夫策貴廟勝①，功尚帷幄②，不下殿堂之上，而決勝千里之外。車駕宜鎮守中土③，以爲四方威勢之援。

今大軍西征，雖有百倍之威，于關中之費④，所損非一。且盛暑行師，詩人所重，實非至尊動軔之時也⑤。」遷黄門侍郎。時大興洛陽宫室，車駕便幸許昌，天下當朝正許昌。許昌逼狹，于城南以氈爲殿，備設魚龍曼延，民罷勞役。毓諫，以爲「水旱不時，帑藏空虛，凡此之類，可須豐年。」又上「宜復關内開荒地，使民肆力于農。」事遂施行。正始中，爲散騎常侍。大將軍曹爽盛夏興軍伐蜀，蜀拒守，軍不得進。爽方欲增兵，毓與書曰：「竊以爲廟勝之策，不臨矢石；王者之兵，有征無戰。誠以干戚可以服有苗，退舍足以納原寇，不必縱吳漢于江關，騁韓信于井陘也。見可而進，知難而退，蓋自古之政。惟公侯詳之！」爽無功而還。後以失爽意，徙侍中，出爲魏郡太守。爽既誅，入爲御史中丞、侍中廷尉。聽君父已沒，臣子得爲理謗，及士爲侯，其妻不復配嫁，毓所創也。

【注釋】①策：指國家大事的决策。廟勝：指臨戰前朝廷制定的克敵制勝的作戰策略。②帷

諸葛亮圍攻祁山　建興六年（公元二二八年），蜀相諸葛亮發動北伐攻勢，揮師祁山。曹丕采納鍾毓鎮守中原的建議，保存實力。在諸葛亮圍攻祁山時，鍾毓的才能得以顯露，後爲魏主器重。

幄：軍帳。③車駕：本來指皇帝外出時所乘的車子，因此拿來作爲皇帝的代稱。④費：損耗。⑤至尊：至高無上的地位，現在拿來作爲皇帝的代稱。動軔：指車子起行。軔，殺住車輪轉動的木頭。

譯文

鍾毓字稚叔。在十四歲的時候就擔任散騎侍郎，人很機靈，思維敏捷，喜歡談笑，有他父親的風範。太和初年，蜀相諸葛亮圍攻祁山，明帝打算向西征討他，鍾毓上疏說：「制定政策的可貴的地方是在朝廷制定戰勝敵人的政策，建立功業應該在帷帳中進行，在殿堂上不用下臺階，就能取得千里之外的勝利。您應該鎮守在中原，作爲各個地方的得力的後援。現在大軍西征，即使有百倍的威力，在關中所耗費的，不是一點點的損失啊。更何況大夏天的進軍，詩人都很重視，還沒到您親自去征討的時候啊。」升他做黃門侍郎。這時候正在大力建造洛陽宮室，皇上到許昌去，天下的官員在許昌朝見天子。許昌道路很狹窄，于是在城南用氈搭了個殿，又準備了魚龍曼延的節目，使民衆受到勞累。鍾毓進諫，他認爲「水旱災害還不時發生，國庫空虛，這類的東西，應該在收成好的年份再搞。」他又上書說「應該再開墾關內的荒地，讓民衆都去種地去。」沒過多久就被執行了。正始年間，他擔任散騎常侍。大將軍曹爽在大夏天去討伐蜀國，蜀國堅決防守，大軍不能前進。曹爽正要求增兵，鍾毓給他寫信說：「我認爲決勝于朝廷的政策，不是靠石塊和箭的，王者的軍隊，是衹征討不交戰的。這實在是可以舞動干戚就讓有苗臣服的，後退三十里就能讓原來的敵人臣服了，也沒必要像吳漢那樣出兵到江關，像韓信那樣自己跑到井陘去了。應該知道什麼時候可以前進，什麼時候應該後退，這恐怕是自古以來打仗的策略，您一定要考慮清楚了！」曹爽沒立下功勞就回來了。後來鍾毓因爲不合曹爽的心意，把他調離了侍中，出京城做了魏郡太守。曹爽被殺後，他又被調進京城做了御史中丞、侍中廷尉。聽到君父死了，臣子應該爲他辯護，等到士人被封爲侯，他的妻子就不能被改嫁了，這是鍾毓所首創的。